Qiahao Yuanlai

恰好援来 恰好诗怀

Qiahao Shihuai

南枫 著

新疆生产建设兵团出版社

图书在版编目（CIP）数据

恰好援来　恰好诗怀／南枫著. —五家渠:新疆生产建设兵团出版社，2023.12
ISBN 978-7-5574-2343-8

Ⅰ. ①恰…　Ⅱ. ①南…　Ⅲ. ①诗集－中国－当代　Ⅳ. ①I227

中国国家版本馆CIP数据核字（2023）第227580号

责任编辑：蒋紫薇　　**责任校对：**海燕　　**封面设计：**孙贺南

恰好援来　恰好诗怀
QIAHAO YUANLAI　QIAHAO SHIHUAI

出版：新疆生产建设兵团出版社
印刷：涿州市荣升新创印刷有限公司
版次：2023 年 12 月第 1 版　　**印次：**2023 年 12 月第 1 次印刷
开本：16 开　　**印张：**11.5　　**字数：**160 千字

新疆生产建设兵团出版社

ISBN 978-7-5574-2343-8　定价：48.00元
邮购地址 831300　新疆五家渠市迎宾路619号
电话：0994-5677116　0994-5677185
传真：0994-5677519

目 录

第一辑：大美新疆

第二辑：放歌兵团

第三辑：浓情厚意

第一辑·大美新疆

恰好援来 恰好诗怀

一直渴望走进西域绽放青春风采
一直渴望来到新疆感受美丽风光
那接到援疆通知时刻异常激动
那背起行囊登机时候心潮澎湃

这里有广阔的天地吸纳干部人才
这里有多彩的舞台任由创业抒怀
我们庆幸成为支援边疆新的一代
我们感谢能有机会援疆开拓未来

援疆三年我有我的故事花开
援疆三年你有你的事迹存在
谁不怀念远方的家乡远方的爱情
谁没遇到新疆的友谊新疆的情爱

多少次拿起笔为新疆作诗感怀
多少次站出来为援疆歌唱登台
我爱兵团三年岁月的磨炼收获巨大
我爱援疆三年的时光成就人生华彩

2020 年 8 月 23 日
于新疆乌鲁木齐新市区

天池水有多少女儿泪

都说天池水是女儿泪水
要不为什么水清澈见底
女儿泪是那么纯洁圣美
凝聚多少故事藏在天池水里

都说天池水是女儿泪水
要么怎么会水湛蓝见底
女儿泪从天山峰顶而来
尤其是春暖时候流淌成溪

都说天池水是女儿泪水
要不哪能会水墨绿见底
女儿泪也暖透了自然冰川
呼唤爱情都能够山水合一

都说天池水是女儿泪水
要不何必说水童心见底
女儿泪挂满了天山情怀
宁愿泪洒天池做兄的情妹

2019 年 5 月 23 日
于新疆乌鲁木齐新市区

感受大漠戈壁

进入新疆应该去感受大漠戈壁
那满目荒凉没有绿色没有植被
没有尽头没有生灵没有鸟飞
只有太阳天上陪伴只有荒漠一望无际

进入新疆应该去感受大漠戈壁
它的宽阔广袤会不见边缘远去千里
有山不见山有远不见远有奇不见奇
只有想象不到的和最想见到的目的地

进入新疆应该去感受大漠戈壁
它无路可行又能随意驾车驰骋
大漠里有车痕又无车痕可任意辟路
往日的多少线路并不一定成为今天的轨迹

进入新疆应该去感受大漠戈壁
男人带上梦想带上爱情带上宿具
女人带上胆量带上相思带上跟随
戈壁上可以任由浪漫的爱情欢天喜地

2019 年 5 月 25 日
于新疆乌鲁木齐新市区

新疆满街大盘鸡

不知何时谁发明了大盘鸡
让新疆人爱得上了主菜地位
接人待客要把大盘鸡点上
家里来客更是大盘鸡必备

大街小巷不管有多少招牌林立
但都少不了大盘鸡的宣传搭配
大盘鸡成了召唤顾客的主菜
多少饭店都有大盘鸡的招牌挂起

新疆人喜欢吃各色各味大盘鸡
各地做法都有各地的特色风味
去看吃鸡的百态也有百态乐趣
不同的人群有不同的吃鸡风味

大盘鸡里可以放上主食伴随
都爱把皮带面拌上入味进嘴
美美地吃上大盘鸡拌面时候
多少人又从眼神里流出口水

爱吃大盘鸡的有男人也有美女
喜欢大盘鸡的食客来自本地也有外地
问起新疆生活的亲朋好友爱吃什么
菜谱中一定少不了地道的新疆大盘鸡

2019 年 5 月 25 日
于新疆乌鲁木齐新市区

好想去看新疆美

梦里梦过多少回
梦过新疆无限美
美到山水如画卷
美到山水有诗意

梦里梦见千百回
梦见新疆实在美
新疆儿女有灵气
新疆歌舞令人醉

梦里梦唤一回回
梦中新疆传奇美
想闻闻那里的花香
想尝尝那里的果味

梦里梦想去又回
梦幻新疆美中美
不走一趟会后悔
好想去看新疆美

2019年6月5日
于新疆乌鲁木齐新市区

说好新疆伊犁见

人说伊犁杏花季节太美
美到不仅是让人陶醉
杏花季节就是春满大地
我想在杏花盛开的伊犁去等你

人说伊犁天山红花最美
只有短短的十天左右花期
那是敢于争艳斗奇的野罂粟
我想在那最美地方去等你

人说伊犁天山金莲花奇美
开在绿色草原一望无际
那花的纯洁纯情异常
我想在天山金莲花海等你

人说伊犁霍城薰衣草园更美
连天紫色让人一点也舍不得离去
我想久久站在薰衣草中举把绿伞
一直等你到来把我从雨中找回

不管你会不会来把爱领取
我会从清晨等到正午等到迟暮
不管你能不能来把爱珍惜
我想在薰衣草园体验爱情真伪

2019 年 6 月 14 日
于新疆乌鲁木齐新市区

期待一种关爱

期待妻子会来
看看我们兄弟援疆在外
我们必须学会做饭做菜
妻子若在会让美食就在

期待兄弟会来
给援疆兄弟们一些关怀
兄弟到来时我们定会聚聚
让援疆友情增添更多感慨

期待亲友们常来
看看我们援疆生活的常态
亲人的问候必然好有感动
会给我们更多援疆人激情豪迈

期待同事常来
让我们感受没被组织忘怀
每个援疆干部都渴望奉献的认可
希望得到单位给我们把红花佩戴

2019 年 6 月 15 日
于新疆乌鲁木齐为援友聚会作

要相爱一生一世

我们庆幸在天山脚下相爱
天山的雪莲在雪山上盛开
我们就把天山雪莲邀约做证
一生一世拥抱一起永不分开

我们庆幸在西域大漠相爱
西域大漠见证了多少传奇爱情
我们就让西域大漠为爱谱曲
岁岁年年都让爱情颂歌从不分开

我们庆幸在胡杨故乡相爱
胡杨神树见证了多少爱情不败
热恋的人们胡杨树下洒下誓言
那我们就请胡杨祝福爱情未来

我们庆幸在玉石宝地相爱
美丽的宝玉见证了多少爱情
真正相亲相爱的情感比玉洁白
那我们就让爱情如玉生命多彩

2019 年 6 月 16 日
于新疆婚礼现场为新婚恋人而作

喀什的寻梦之旅

去喀什一趟找隐藏的秘密
那秘密来自远古时期
一段故事的源头让人寻味
似乎短暂研究无法解析

住下来十天半月也许很快过去
来上几趟都很难揭开谜底
这里的城镇构造极其特别
这里的街坊设计异常稀奇

房子沿坡建造房屋林立
内外衔接又没有一丝缝隙
打造成片成套已经不易
但却层梯连接望不到边际

来看看喀什的不同地貌街区
来看看喀什的文化会引发思绪
这里传承着一种不朽的文化品位
这里演绎着多少不老的爱情美丽

2019 年 7 月 7 日
于新疆乌鲁木齐新市区

有多少情缘在另外城市汇集

那匆匆忙忙的脚步在各奔东西
那熙熙攘攘的人群去寻找目的
那穿梭的人流中有多少能够交汇
那飞行的空客里有多少人可以相聚

可今天的我们却从两个城市来到一起
可今天的我们却不约而同相遇这里
你没有一点今天结果的思想准备
我没有半点知道今天会见得到谁

怎么能够解释清楚什么理由的相遇
怎么能够想得明白为何安排了这样结局
你可能还在朦胧中理不清现在的思维
我也是一直发呆着走不出打乱的心绪

那就都该感谢这是缘分的特别给予
如果无缘此时我们都该在两个天地
那就都该感慨这是生命中的天意
如果无缘此刻我们都该来来回回

2019 年 6 月 25 日
杭州到乌鲁木齐飞行空中回赠湘湖绿诗作

情爱如昆仑山界

走进新疆会发现巨大的天然景观
天山山脉把新疆清晰分成了两半
南疆有一望无际的千里沙漠
北疆绵延了千里茫茫的草原

人生情爱该如天山山脉似有着界线
最好能够情在一边爱在一边
情自有情的一片自然天然
爱有爱时打造了烈焰火焰

最怕情爱分不出真假虚幻
有时还把情感搞得异常混乱
该爱的时候又逃得好远好远
该停的时候却是藕断丝连

难说谁都可以对情爱把握风险
能不让感情的洪水任意泛滥
别说谁都可以让情爱不走偏
任何时候都能清清楚楚完全隔断

2019 年 7 月 17 日
于深圳市市场监督管理总局行政学院

去遥远的西域

古时候就有西域的各种传说
听说过只当是无边无际
向西的方向不知是多远距离
或许走上几个年月半个世纪

去那里大胆地做些生意
听说可以把一袋袋财富背回
也知道有多少人去了没有回来
不是把生命丢在半路就是丢在那里

道别的人没有谁不是哭泣
怎知一别是永远还是能够重聚
大多当成上路就是有去无回
没有几分希望留给守候到底

遥远的万里千里怎么有书信传递
遥远的别离怎么会有往返信息
多少家人牵挂着遥远的西域
多少商客在西域路上哼不尽思乡小曲

2019 年 8 月 10 日
于新疆乌鲁木齐新市区

我本就会来

突然在乌鲁木齐相遇
我惊喜地问怎会是你
你笑着回答当然是我
因为你在我必然会来

突然在乌鲁木齐相遇
我惊讶地问真的是你
你用眼神告诉我当然是我
因为你追寻着我的踪迹

突然在乌鲁木齐相遇
我冷静地问怎会是你
你沉着地答当然是我
因为不想与我失去联系

突然在乌鲁木齐相遇
我伤感地问怎会是你
你告诉我的确是我
因为你不想把我丢弃

2019 年 6 月 25 日
杭州至乌鲁木齐飞行空中

江布拉克的晕眩

你难以相信会有这样的麦田
竟然遍布在山峦之巅
那浩瀚麦田漫山遍野的眩晕
让人无法相信麦田直起云天

你难以想象天下有这样的麦田
在青山峻岭上成熟金黄一片
即使站在最想到达的视觉高点
也无法看出麦浪会连去遥远天边

你难以见到天下有这样的麦田
除非到江布拉克去亲自一见
多少人曾在飞机上对麦田猜想
是不是不见边际的高山连着高山的草原

你该带上爱情去把江布拉克一看
去融入那金色麦浪最美丽的壮观
即使昨夜爱情有过多少磕磕绊绊
来到江布拉克也会微笑着给对方欢颜

2019 年 6 月 25 日
杭州至乌鲁木齐飞行空中

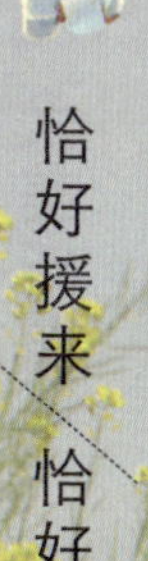

你的热情奔放

怀疑你是西域姑娘
要么为何这样热情奔放
西域姑娘是喝烈酒长大的
对什么事物都火样心肠

怀疑你在天山脚下成长
喝了天山雪水热情奔放
对谁都亲切得火一样滚烫
就像对待久别的家人一样

怀疑你家住在荒原边上
会久久看着千年不倒不枯的胡杨
因为有着傲立沙漠的高昂
一颗热心总在温暖着冰凉

怀疑你天南地北常走四方
在奔波的风雨中情在路上
曾经的曾经得到多少曾经关爱
又把关爱还给曾经的曾经帮忙

2019 年 8 月 13 日
于新疆乌鲁木齐新市区

谁是我的新娘

打起行囊毅然来到新疆
援疆征途怀揣了多少想象和希望
履行职责和使命必须勇敢担当
多少苦辣酸甜的泪水洒在路上

放弃牵挂毅然来到了新疆
不想辜负组织和单位寄予的厚望
没人照顾才知道多年无人陪伴
多少孤独总把爱情在忧伤中向往

舍弃安逸毅然来到了新疆
工作会有超越以往几倍的繁忙
难有时间去自由地游览美丽疆域
多少人还问起是不是在这里做了新郎

憧憬爱情确实想娶新疆美丽姑娘
也更渴望少数民族姑娘来当新娘
但还是把全部精力用在了事业中去拼搏奋斗
只当为大爱新疆就是自己这里爱上的新娘

2019 年 8 月 25 日
于新疆昌吉

天山大峡谷

走进天山大峡谷深处
才知道这里有与荒凉不同的感受
这里有一望无际的绿色山峦
山上长满了太多的松林柏林果树

走进天山大峡谷深处
才知道这里与干涸干枯完全不符
这里有长流不息的大河小河
有片片小潭连接还有小湖

走进天山大峡谷深处
才知道这里有山水林田还有人畜
这里有自在的牛马羊群散落四周
让人感到这里的牲畜都那么幸福

走进天山大峡谷深处
才知道这里会给生命天然健康享受
这里有天池喀纳斯的相同生态资源
还何必看山看水跑去那么遥远的路途

2019 年 10 月 14 日
于新疆乌鲁木齐新市区

我是新疆人

因为表达的声音很粗
你会猜我来自新疆热土
新疆人就是这么高声呼唤
那里广袤的大地把宏亮筑就

因为表达的爽快麻留节奏
从不藏起半点心中所有
你会猜我来自西域热土
新疆人就是豪爽地对待朋友

你会猜我来自天山热土
因为表达的特别胃口
总是大口吃肉大口喝酒
馕和拌面从来难舍难分

你会猜我来自哪片热土
那里有我们赞美的数不胜数
我们住在祖国的西域边陲
天大地大的世界养育了性格特殊

2019 年 10 月 27 日
于新疆乌鲁木齐新市区

愿你留下新疆永久的明天

来到新疆似乎是为了与你相遇
不然为何你从湖南而来行程万里
不然为何我从北京而来两年过去
不然为何我们都承担了共同任务目的

本不该相遇却偏在这里相遇
本不该相识却偏在今天坐在一起
本不该交流却有了太多太多话题
本不该握手却因诗和远方牵手紧密

无法理解人情往来是否天定规律
无法诠释人生相遇是谁安排指挥
人总在一个未知的地方有着情缘等候
人总在多少难料的时候会有情缘落地

请延续我们援疆的脚步不要别离
请扎下续期援疆的志愿放弃再回
不仅是因为你我今天在新疆相识邀约
而是因为新疆的发展需要和爱上新疆的大美

2019 年 10 月 25 日
于新疆乌鲁木齐新市区

走哪咱都夸新疆

新疆的美景美到难找输给哪里
新疆的美食美到让人难忘
新疆的美酒美到让人留恋陶醉
新疆的美人美到看后不想离开西域

来吧朋友看看新疆你会不想离去
来吧朋友看看新疆你会调动情绪
来吧朋友看看新疆你会异常惊喜
来吧朋友看看新疆你会永久记忆

新疆人无论在哪还是觉得新疆美
新疆人何时说话都会把新疆赞美
不来新疆你会觉得新疆人自吹自擂
来了新疆你才知道新疆就是大美传奇

不来新疆看看等于一生没看过世外天地
不来新疆看看会与多少的地方没有对比
无论谁高兴地说起哪里是最美地方
新疆人在哪都会夸奖新疆最美

2019 年 10 月 27 日
于新疆乌鲁木齐新市区

终于又相逢

期待是一件很痛苦的事情
等候也从没有多少轻松
都是因为临别时有过特别感动
都是因为临别时约好期待重逢

多少分别时光梦幻着你的身影
多少期盼的日子从未远离心中
南飞的大雁曾捎去过我的问候
北归的鹤鸟却是没有半点回声

我是否作别了长久的伤痛
你是否从未种下过些许的多情
但美丽却是你在我心中的深种
向往更是你给我永不消失的风景

你来了来得突然让我无法平静
不得不让我回味那曾经的约定
这是不是你我宿命的终该重逢
这是不是你我天定的如约里程

2019 年 10 月 29 日
于新疆乌鲁木齐新市区

雪乡阿勒泰

那是真正下雪的地方
是银色世界的雪乡
当冬天来临的时候
就是一片雪海茫茫

看雪当然该来雪乡
别怕下雪日子遇不上
因为这里雪会常下
小雪堆常站立路旁

冬天会被雪盖满山冈
更会盖上所有村庄
城乡冬夏两个模样
都因为雪是冬季的新装

看雪还是要来新疆
新疆随处都有雪乡
若想有看够雪的梦想
就去阿勒泰走上一趟

2019 年 11 月 12 日
于新疆乌鲁木齐新市区

穿越一次新疆戈壁无人区

广袤的新疆大地有太多太多戈壁
热爱旅行的人应该去一趟那里
做一次驾车穿越无垠荒漠旅行
感受一下什么叫百里千里无人区

一路没有树木似无方向目的
一路没有动物更无鸟儿天上在飞
一路没有花草绿色更无河水小溪
一路没有道路当然鲜有人烟足迹

只有茫茫原野茫茫无尽的沙棘
只有渺渺烟雾渺渺无尽的期许
只有遥遥路程遥遥无尽的思绪
只有晃晃叹息晃晃无尽的叹息

有时是戈壁几十几百公里上千公里
有时是沙土几十几百公里上千公里
有时是沟岩几十几百公里上千公里
有时是荒野几十几百公里上千公里

和朋友一路可以说话说到没了话题
和朋友一路可以聊天但早有了困意
和朋友一路可以玩笑但见了根底
和朋友一路可以关爱但没了能力

会有许多胡思乱想如果不能返回
会有许多杂念或许发生别离
会有许多思考想起多少往昔
会有许多片段拾起人生回忆

穿越一次无人区首先考验一次身体
穿越一次无人区也会考验一次毅力
穿越一次无人区还会检验一次胆略
穿越一次无人区更会留下难忘记忆

戈壁无人区不能随便乱走会被吓退
戈壁无人区都想去来一次探险
戈壁无人区如果非要去一次不一定后悔
戈壁无人区如果去了一次也许还想再去

如果携带爱情穿越一次戈壁无人区
那将是给爱情的花絮留下浓重色彩
从没有的温暖都将在戈壁油然而生
从没有的柔情都将在戈壁种进心扉

如果携带爱情穿越一次戈壁无人区
会在路上留下并生发最美好的东西
都会告诉对方戈壁与家中爱恋存异
都会告诉对方戈壁无人区才会把真爱磨砺

2019 年 12 月 1 日
于新疆乌鲁木齐新市区

让我们在新疆相遇

这是一片美丽的土地
美到比过疆外所有山水
都想来到新疆心情陶醉
怎不可能在同一地方相遇

这是一片辽阔天地
辽阔到南北相隔几千公里
也许都在命运交织相系
怎不可能在同一时间相遇

这是一片梦想的天地
梦想散发了多少迷人魅力
自古多少人追梦来到这里
怎不可能在同一梦中相遇

这是一片爱情的土地
爱情把代代儿女繁育
恰好把爱情洒进需求时机
怎不可能在同一缘分中相遇

2019 年 11 月 14 日
于新疆乌鲁木齐新市区

终于走完一遍新疆

新疆大到无边无际难以想象
走遍新疆实在是一个莫大的梦想
哪怕仅仅一个地州走上一遍
也得需要多少奢侈的岁月时光

十四个地州布满 166 万余平方千米
最大的巴州近 48 万平方千米
新疆占去国土面积六分之一
巴州占去二十分之一

首府去其他地州大多要飞机前往
南北东西都有高山沙漠屏障
地州之间开车常有上千里程
旅游新疆常常叹息时间紧张

终于把十四个地州城市看了一遍
看完才觉得新疆有太大差异气象
看一遍新疆的感觉收获大不一样
看后才略知新疆巨大的神秘无常

2020 年 1 月 19 日
从巴州库尔勒市考察归来感想

我的西域梦

从没有到过那个未知的意境
听说那里有太多的传奇深藏其中
想去一趟探寻看个究竟
想去一次看看到底是不相辅相成

从没有过一次到达新疆之行
只从书本里知道那里山水不同
只从传说里听说那里有美丽风景
让我好想立即打起行囊赶路匆匆

去看看那里的雪山把高山仰止印证
去看看那里的戈壁在无人区踩下行踪
或许那里的草原与蒙古大草原不同
也有太多人说新疆的花开季节美丽无穷

西域的瓜果最甜最美最是丰盛
西域的田园到处布满葡萄藤架
据说去新疆的路就像走到如画仙踪
人们都希望有一次在新疆自驾旅行

去西域感受一次新疆人的热情
去新疆尝尝美食是怎样的独特纯正
去西域才有大巴扎把异域风味认清
去新疆才知道馕的味道记忆一生

西域姑娘的漂亮可把天下最美占领
这些都是耳朵收集的一次次倾听
我想立即上路约谁到西域走上一程
我想立即来到新疆在那里沉醉不醒

2019 年 12 年 3 日
于新疆乌鲁木齐新市区

谁说新疆没有大海

新疆大到无边无际
就像大海大到只有传奇
到新疆去亲身感受
才会知道新疆就是海阔天地

新疆有湖海
南疆北疆遍及
这些湖海像大漠明珠
各自彰显各自美丽

新疆有沙海
连绵几十万平方公里
那是中国最大的沙漠
曾经是大海的海底

新疆有花海
开到香飘远去
邻国都可闻到花香
千里之外都会有人沉醉

新疆有草海

草原的风光随处可见

这里拥有世界草原特色

这里可把多少草原美丽聚集

新疆有茫茫无垠戈壁

多少人都想穿越无人区

寻找的不仅是多少幻想

更是寻找多少挑战和耐力

谁说新疆没有大海

那是没有到新疆感受体会

新疆就是从大海中慢慢升起

多少亿年前这里就是大洋海域

2020 年 4 月 22 日
于新疆乌鲁木齐新市区

不看新疆你会后悔

新疆是个连绵天地
容下了天底下最多壮美
看山有阿尔泰山天山昆仑山
还有巨大的沙漠构成了疆域

新疆是个美丽天地
天池湖泊河流相连紧密

更有草原花田林海连着天际
多少牛羊骏马在这里繁衍不息

新疆是个美食天地
特色美食从南到北
这里是特色果品的独特产区
只有这里的阳光植被才能孕育

新疆是个生灵天地
民族融合引来多少援疆儿女
新疆姑娘长在天山雪域
天池琼酿养育了她们的美丽

不来新疆你会后悔
这里有太多与众不同的神奇
不来新疆你会遗憾
这里有许多他乡没有的最美

请背起行囊不要犹豫
让飞行一直向西向西向西
穿过腹地穿越大漠穿越群山
一定会感受什么是决不后悔

2020 年 4 月 27 日
于新疆乌鲁木齐新市区

思念滞留阿拉善

谁邀约我来到了阿拉善
走进了繁花似锦大草原
美丽的季节怎不去放飞翅膀
多想在这里去翱翔迷人的蓝天

谁安排了我旅程里这站
踏进了起伏不尽的沙滩
这里的沙海积起了山丘和山峦
惹人前来住游实在舍不得返还

谁知道了我有特别心愿
最想常去大海和湖边
阿拉善依傍了乌兰布和大漠
让人突发了好奇特别的喜欢

也许命里注定会来到阿拉善
因为自己是那么地热爱草原
总想在草原上当一次雄鹰
去感受飞翔的天空快乐无限

也许人生规划了旅行这站
必然会来到草原深处的沙滩
虽然天下沙滩有千千万万
但这里的沙滩却最让人留恋

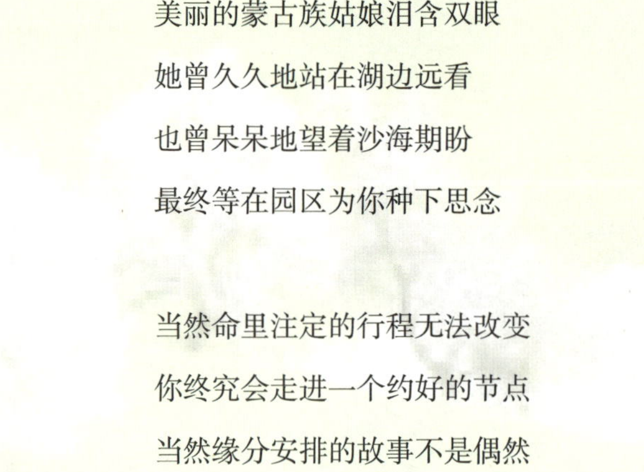

也许缘分知道我的心愿
大海和湖边早有爱情呼唤
或许爱情在那里等了很久
坚信你总会来到面前

美丽的蒙古族姑娘泪含双眼
她曾久久地站在湖边远看
也曾呆呆地望着沙海期盼
最终等在园区为你种下思念

当然命里注定的行程无法改变
你终究会走进一个约好的节点
当然缘分安排的故事不是偶然
她一定会在一个交汇时间出现

2020 年 6 月 16 日
援疆招商赴内蒙古阿拉善高新区考察而作

飞越天山雪域

去看新疆的大美
确有着好远的距离
需要几个小时天上飞行
需要几个小时飞越天山雪域

雪域连着沙漠千里万里
雪域连着戈壁一望无际
你会联想多少远行故事
你会把最想念的人在天空想起

飞越天山雪域
会有多少寄托相随
是谁等候在雪域尽头
又是谁会来机场接你

若是对雪域尽头熟悉
一定有亲情爱情相依
若是对雪域尽头未知
会有多少心情忐忑不已

2020 年 2 月 9 日
返回乌鲁木齐飞机行途中

我在新疆等你

伊犁的杏花已开过
不见你兑现来的承诺
美丽的薰衣草醉人心窝
还没有你的航班降落

你是在等吐鲁番的葡萄季节
还是等阿克苏收获的甜心苹果
是等和田大枣的红满世界
还是等甜梨飘香的库尔勒

我想带你到天池上看雪
更想去喀纳斯融入神秘世界
我想带你去看喀什古城
还想带你去无人区狂野

咱们曾经有过特别相约
来新疆欣赏最美景色
可不知还要为你等候多久
只好在梦里把你一遍遍邀约

2020 年 7 月 30 日
于新疆乌鲁木齐新市区

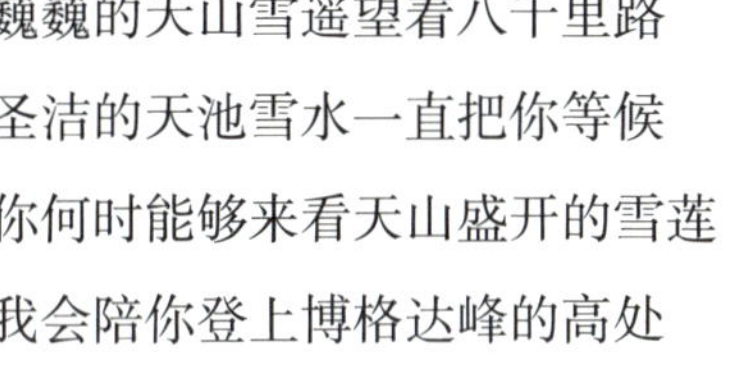

我要做你永远的天山朋友

巍巍的天山雪遥望着八千里路
圣洁的天池雪水一直把你等候
你何时能够来看天山盛开的雪莲
我会陪你登上博格达峰的高处

广袤的沙漠之海遥远的西域才有
三山两盆把新疆的疆字写就
你何时能够来看西域的沙漠戈壁
我们就驾车去无人区把茫茫荒漠感受

屹立的大漠胡杨书写了永不腐朽
挺立荒原把三千年爱情故事向人倾诉
你何时能够来看戈壁里的胡杨英雄
我会拍下你披起红纱在胡杨林飘舞

甘甜的新疆葡萄奉献着永远迷人的丰收
多少葡萄美酒醉倒了多少远方来的朋友
你何时能够来品尝这里盛产的美酒
我愿无数次在葡萄树下与你一醉方休

特别的新疆花海只有新疆独有
独特的薰衣草园走不到也望不到头
你何时能够来沉醉一次薰衣草世界
我也愿意在薰衣草香中呼吸生命的浓度

难忘的还有新疆与众不同的天山深处公路
因为美因为险因为翻越雪山成为魅力旅途
你何时能够来长途驾车旅行
我工作再忙事情再多也找到陪你出行理由

最美的天山姑娘最会让人永远记住
她的能歌善舞让多少人流连忘返
你何时能够来看看天山姑娘的美丽
我一定陪你也翩翩起舞放开歌喉

好吃的新疆美食吸引了多少宾客胃口
她的能歌善舞吸引了多少人驻足停留
你何时能够来把新疆美食美酒品味
我会带你去少数民族朋友家中吃个够

传奇的天山风景传奇的天山民族
特别的新疆世界特别的新疆幸福

你何时能够来这里做一次深度旅游
我会专门为你引路始终伴你左右

崛起的中国经济正在打造着一带一路
新疆的核心区域西域正在成为亚洲经济
的中轴
你何时能够来这里把服装小镇落户满足
新疆美的需求
我因此也能够长留下来援疆作为你永远
的天山朋友

2020 年 7 月 7 日
于江西南昌考察为共青城服装小镇而作

想念那里的朋友

援疆不仅收获了历练成熟
也收获了在那里结识的朋友
一千多个日日夜夜的风雨兼程
有多少朋友陪伴在工作生活左右

会想念岗位上并肩作战的朋友
他们给过多少温暖帮助
一起砥砺前行的日子
相互珍惜共同的合作奋斗

会想念那里生存居住的朋友
亲切关心已经成了耳闻目睹
当离开那里与他们分别的日子
我听到了他们叹息别离的酸楚

会想念那投资发展的朋友
敬佩他们支持了新疆的“一带一路”
为新疆发展抛家舍弃多少牵挂思念
在那里共同建立了美好友谊的基础

会想念那里结识的民族同胞朋友
曾经为他们提供过多少关心爱护
特别的时光特别的记忆难忘
约定今后一生继续关爱帮助

会想念那里感情异常特别的朋友
特别的关爱特别的交流特别的相处
曾经想在那里带回一朵最美的花朵
好开放在我成长的家乡热土

2021 年 4 月 8 日
于北京昌平北七家

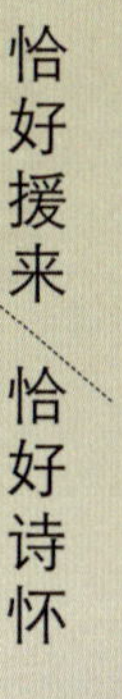

新疆的人性格爽快

认识了新疆的朋友才会知道
新疆朋友性格奔放
大口吃肉大口喝酒
朋友聚会热情豪爽

认识新疆朋友才有感触
新疆朋友激情万丈
只要你来到新疆热土
一定会对你好得终生难忘

认识新疆朋友才会了解
新疆的朋友话不隐藏
对你的表达就像久别重逢
对你的陪伴就像家人一样

认识新疆朋友才留印象
原来待人接物好暖心肠
他们会加倍地对你真诚
他们会无限地让你怀想

2021 年 4 月 7 日
于北京昌平北七家

放心旅游来新疆

很多人不知道新疆稳定的状况
总担心来这里会危险异常
那是还不了解新疆的形势
只记得区域局势或有动荡

新疆已经大大地改变模样
到处都是安定稳定的景象
新疆已经成为全国安全示范区
不需要担心来这里会有什么紧张

这里的安全管控已经成为稳定保障
这里的旅游发展已经“井喷式”增长
我们在这工作的疆外人都真诚相告
新疆已经成为放心旅游的地方

亲人们来了还不止一次来看新疆
朋友们来了有些舍不得返回家乡
好想在这里扎下根寻找一份爱情
好想在这里把最美丽的爱情品尝

2021 年 3 月 7 日
于北京昌平北七家

你若安好·乌鲁木齐

朋友，我曾是离开过母亲的少年
还在不成熟时离开了乌鲁木齐
那时走得匆忙没有多少印记
今天我回来了多少印记被突然找回

你有过沧桑已被辉煌送走代替
你有过陈旧已被崭新换成壮美
你有过落后已经发展扬帆疾蹄
你有过悲伤已经微笑坦然面对

我毕竟生长在这片亲切的土地
从未把关注和关爱在心里抹去
我也知道远方有多少遥望的朋友
他们对乌鲁木齐仅知道少有的信息

多少朋友想游新疆到达乌鲁木齐
多少朋友想爱新疆来到乌鲁木齐
多少朋友想来发展落地乌鲁木齐
多少朋友想来援疆中转乌鲁木齐

乌鲁木齐你承载了多少目光和期冀
乌鲁木齐你担负了多少接待和转移
乌鲁木齐你需要巨大的胸怀和真情厚意
乌鲁木齐你应该有担当热情和承接能力

你若安好一定会把一切微笑面对
你若安好会让多少亲朋好友平安顺利
你若安好会更加展示你的无限魅力
你若安好会不断超越和跨越自己

我看到了社会稳定和长治久安正释放红利
我看到了经济规模在新疆三分天下有其一
我看到了你正打造千万人口的大城市
我看到了你正规划让 GDP 突破更大数据

我还看到了你正吸引全球旅游人的目光
要让三亿人五亿人甚至十亿人来到这里
我还看到了你正打造“一带一路”核心区
在走向世界的路上去大有作为

改变现状领航新疆经济发展你好有志气
引领新疆未来瞄准建设大都市你好有魄力
希望你的未来就是深圳的影子安营扎寨在西北
希望你的未来形象就是浦东在亚洲地理中心崛起

乌鲁木齐你变了变得引来了多少人的赞美
乌鲁木齐你变了变得会把多少游子唤回
你让人正在涌动来到大美新疆的脚步
你让人正在传播新疆越来越好的口碑

我询问了乌鲁木齐生活的兄弟姐妹
他们夸奖着中央大力支持新疆很稳定兵团有活力
我聚会了在乌鲁木齐发展的多少朋友
他们真心地爱着新疆爱着乌鲁木齐让我感慨无比

你若安好定会影响新疆也越来越好毫无疑义
你若安好定会带动新疆乃至周边地区的经济
你若安好百姓生活当然会不断改善更加甜蜜
你若安好更会让曾经离开的游子回归创业

2019 年 1 月 11 日
于新疆乌鲁木齐新市区为乌鲁木齐晚报活动而作

旅游去新疆忘却烦恼

如果有些失落和心烦
就飞去新疆旅游戈壁雪山
那茫茫的沙海了无边际
会带走你的折磨让心境平安

如果有些病痛和麻烦
就开车去新疆的大漠和楼兰
走一遍古人寻觅的足迹
会一路收获身心健康

如果有些失恋和厌烦
就背起行囊看看西域草原
那里或许偶遇上一段爱情
归来的时候身边坐上了伙伴

新疆有不同的大地蓝天
新疆有不同的农田草原
新疆有不同的果实花园
新疆有不同的旅途梦幻

2021 年 2 月 18 日
于北京昌平北七家

她在和田夜市当舞美

知道她赌气去了南疆
却不知道在什么地方
几个月没有音信来往
我后悔放她离开身旁

寻找爱情来到南疆
茫茫人海怎能把她撞上
和田夜市热闹非凡
更让自己眼睛异常明亮

载歌载舞中我发现了她
那一刻脑海像空白一样
走过天涯终究没有绝望
上天给予的缘分好难想象

和田夜市是夜色很美的地方
来到这里让我知道爱的分量
感谢和田夜市让我一生难忘
来到这里找到了地老天荒

2021 年 2 月 13 日
于北京房山昊腾家园

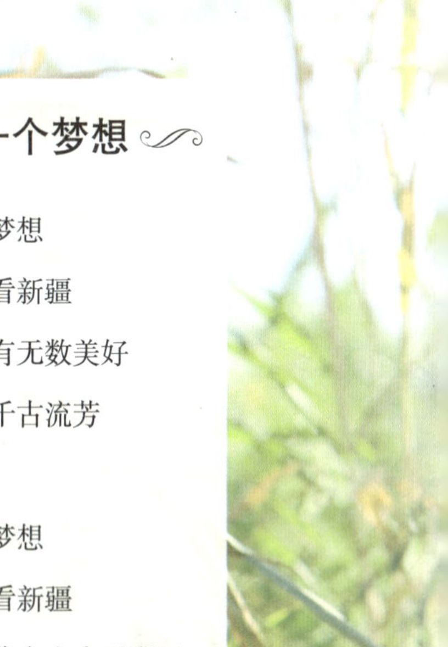

我有一个梦想

我有一个梦想
立即去看看新疆
听说那里有无数美好
还有传奇千古流芳

我有一个梦想
好想去看看新疆
听说我祖辈有人去了那里
看看他们现在生活的模样

我有一个梦想
打算去看一看新疆
听说那里山好水好人更好
还有新疆的姑娘特别漂亮

我有一个梦想
悄悄在心底隐藏
想到那里偶遇一段爱情
然后就把新疆当作家乡

2021 年 2 月 12 日
于北京房山昊腾家园

我牵挂上了遥远的伊犁

被介绍的女友异常美丽
才知道她住在遥远的新疆伊犁
她是哈萨克族最美的少女
因为等候远方的爱情青春远去

她的薰衣草庄园有一千亩地
年年种上薰衣草向往着爱情回归
不知道她的眼睛为何依然明亮
都说是薰衣草香滋润了她的心房

自从知道她和我有着爱情关联
我从此就开始把她放进了心里
想等候有一天去接纳她的期待
再看看那片薰衣草庄园种着多少传奇

感动了很多朋友要陪我去探寻这个秘密
还说为了看她要把多少忙碌放弃
其实我的心早已启程在看望她的路上
只等着快点啊来到薰衣草盛开的夏季

2021 年 2 月 7 日
于北京昌平北七家

去寻找大漠胡杨

听说胡杨传奇的生长
传奇地在大漠中挺拔脊梁
三千年留下故事不忍告别
常笑沙漠说看谁地久天长

我千里寻觅走到戈壁南疆
听说库尔勒有一片片胡杨
那胡杨到底经历多少雨雪风霜
我想走近亲切地抚慰她的忧伤

听说狂风吹不去胡杨的理想
听说干涸旱不死胡杨的坚强
听说沙漠埋不住胡杨的倔强
听说嫉妒压不垮胡杨的茁壮

我好想依偎在胡杨的身旁
听着胡杨说不尽的千年以往
我好想敬仰在胡杨的脚下
告诉人们希望世上爱情也能这样

2020 年 10 月 24 日
于新疆库尔勒

想念新疆美

传说古道西域只有千里戈壁
荒漠人烟路途险恶有去难回
现在的新疆翻天覆地让人诧异
新疆已变得无限迷人无限美丽

那里风景美有太多美丽山水
那里田地美有太多美丽花卉
那里菜肴美有新疆独特风味
那里人更美有姑娘靓丽小伙帅气

去了新疆的人都舍不得离开那里
世世代代无怨无悔
为留在新疆的人都培养了新疆情感
人情往来都充满了侠肝义气

援疆路上多少志士仁人留下足迹
足迹里印下了多少对新疆的赞美
脑海中舍不去多少对新疆的留恋
留恋中抹不去的是新疆最美记忆

2021 年 1 月 4 日
于北京昌平北七家

湖怪新娘

传说生灵都会有自己的君王
万物生灵都会娶美丽的新娘
美丽的喀纳斯湖鱼族繁衍正旺
他们时不时会掠走湖边姑娘

湖里的老鱼王十分猖狂
最喜欢把姑娘娶作新娘
他们的腹中装满姑娘的秀发
他们的宫底堆满姑娘的新妆

走在湖边的姑娘要时刻小心张望
说不定老鱼王的护使已把她盯上
多少伤心女孩都爱到湖边哭泣
曾经年年都有女孩不知了去向

老鱼王有时会跃出水面晒晒太阳
更多时候是来瞄寻有没有人在湖旁
无功而返时老鱼王一定发怒翻浪
让湖水变得五颜六色十分异常

住在湖边的人家呀要看好心爱姑娘
千万莫让她们伤心或在湖边玩耍游荡
爱上了女孩或娶上新娘的湖边男人啊
记得会有鱼怪始终把湖边当作猎场

古来不知多少美丽女子成了鱼妖口粮
只要水不干涸鱼妖就会世代嚣张
美丽的喀纳斯也许永远不会那么平静
因为那深湖水下鱼妖会与湖地久天长

2019 年 4 月 22 日
于新疆乌鲁木齐新市区

第二辑·放歌兵团

约定看新疆

因为新疆美若天堂
所以约定来看新疆
从北京出发带了多少梦想
从山东而来一定满怀希望

因为新疆神秘异常
这里打造了诗和远方
聚在昌吉友人的田园
歌舞菜肴感动了远客心肠

因为新疆埋藏了无限宝藏
为国家经济输送了巨大能量
朋友们都怀揣了发掘的渴望
在这里探讨开创未来的篇章

新疆朋友总是热情豪爽
欢迎宾客醉倒也不收场
今天的相聚会一生难忘
让友谊融进多少今后向往

2019年6月1日
于昌吉王文宏家中

咱是兵团儿女

无论走到哪里
提起咱是兵团儿女
都是一种自豪的表达
都是一种骄傲的称谓

无论走到哪里
提起咱是兵团儿女
都会感到像是家人
都会感情异常亲密

无论走到哪里
提起咱是兵团儿女
都希望能够常此往来
都希望能够保持联系

无论走到哪里
提起咱是兵团儿女
都绝对向标准看齐
都能坚决为兵团争气

2021 年 4 月 8 日
于北京昌平北七家

渴望亲人来探望

去了遥远的地方
离开了亲人的身旁
总会把亲人时常想起
总会想念自己的家乡

想念亲人常把自己挂在心上
想念家人常聚的最温暖时光
常常邀请家人能来探望
常常邀请亲人来看新疆

每当亲人到来的时候
都会心灵深处激动异常
每当家人传来问候
都会一股暖流心中流淌

其实援疆儿女重任扛肩
绝不会只顾儿女情长
援疆儿女不能随便离岗
更多地期盼亲人常来探望

2021 年 4 月 7 日
于北京昌平北七家

三年离家乡

从没有想到今生会去援疆
说去就迅速奔赴在了路上
直到真睡在了新疆的床上
还仍然觉得似乎无法想象

离开家乡去一个陌生的地方
而且不是几天几月短暂时光
要三十六个月都扎根在那里
要三十六个月很少回家探望

多少次曾经把这个行动思量
是什么精神支撑自己背起行囊
其实无非是一个军人曾经的修养
其实无非是一个有志男人的坦荡

虽然有亲朋好友舍不得送别远方
也许没有牵挂爱情才铸就了钢铁心肠
虽然有多少家事放不下还会牵挂
也许想到远方去思考爱情的迷茫

2021 年 3 月 6 日
于北京昌平北七家

援友们亲如兄弟

援友是个亲切的称谓
援疆是大家的特别经历
在那段特殊的援疆岁月
每个人都留下了难忘的记忆

记忆中有着特别的苦旅
记忆中有着沉重的压力
记忆中有着辛勤的忙碌
记忆中有着珍贵的友谊

帮扶脱贫有着特别的奉献足迹
民族团结曾多少次走进朋友家里
维护稳定付出多少牺牲和汗水
屯垦戍边曾经付出多少努力

共同的日子建立了共同友谊
相互关怀曾多少次举起酒杯
困难的时候都相互支持鼓励
援友之间怎不称呼援友兄弟

2020 年 3 月 21 日
于北京昌平北七家

我的朋友你好吗

援疆给了机会交下了朋友
他们的日子过得还不富裕
他们需要学习创收的本领
也更需要学习创收致富的方法

回到了家乡常常把他们想起
与他们沟通渐渐感情有了亲密
忘不掉他们那热情的挽留款待
忘不掉他们那新疆风味的手艺

曾经为他们出过多少主意改变自己
曾经一次次床头地头聊天相聚
三年的感情处出了兄弟姐妹友谊
分别时候都流过多少不舍的眼泪

我的朋友你现在一切还好吗
是不是日子变了有了更大转机
我的朋友你是我今生的挂念
好想经常得到你越来越好的消息

2021 年 2 月 3 日
于北京昌平北七家

小心我会爱上你

不经意发现你有那么多传奇
不经意发现你有那么多魅力
不经意发现你总是超凡脱俗
不经意发现你总是闪耀光辉

我充分了解你的生活状态
感受你带给人快乐无比
我走进你的人脉关系
那么多人给你好的口碑

我不得不侧耳倾听这些话语
在脑海中把万千信息对比分析
你的优秀渐渐地无法褪去
竟让我认真地认真地把你注意

这样下去我会挡不住把你追随
小心我会不自觉地爱上你
这样下去我会管不住任性的自己
小心我会爱你如潮水般决堤

2020 年 10 月 21 日
于新疆乌鲁木齐市

我幸福地路过秋天

今有一路风景相伴
金秋染红一路山峦
小溪从林中哗哗流过
秋叶被溪水带去天边

今有一路阳光相伴
阳光是那么明媚灿烂
还有遥望不尽的蓝天
好有幸福把脸上挂满

今有一路爱情相伴
有爱的旅途笑语欢颜

多少故事讲给沿途两岸
手心相扣爱心紧紧相连

路过秋天生起最美心愿
好想久久驻足最美秋天
给秋天种下远远的思念
幸福美好怎不留恋无限

2020 年 10 月 23 日
驾车前往库尔勒新途中作

援友间的关爱总更热情

因为远离家乡

因工作在远方

因为是共同命运

都会有特别来往

常会特别关心问候

常会困难时互相帮忙

常会相互工作支持

那是因为在援疆路上

节日会有援友相聚

周末会把援友探望

对援友工作会特别支持

只因为援友感情非同寻常

2020 年 7 月 16 日
于新疆乌鲁木齐新市区

走南闯北去招商

到过多少次南方
去接触成功名商
想把他们引到兵团
想把他们引进新疆

到过多少地方
把知名企业拜访
考察他们的业绩
考察他们的优长

组过多少次会场
宣传招商的方向
愿提供最好的条件
愿提供最好的保障

组过多少个会场
把兵团优势宣扬
努力引起投资关注
努力建立投资桥梁

2021 年 2 月 9 日
于北京昌平北七家

头屯河东岸新奇景观

头屯河东岸打造了新奇景观
五十平方公里面积换了新颜
西郊三场腹地的老河道已经修治成为水系水坛
梯梯水漫层层水帘将连接到天山云间

头屯河东岸打造了新美景观
五十平方公里面积装饰了无数景点亮点
万亩绿心万亩绿肺万亩绿色南北连片
绿景花海山泉流水小桥晚亭布满河道沿岸

头屯河东岸打造了新妆景观
五十平方公里面积成为绿草花园
过去任由荒芜戈壁难以放眼
今天的花海林田绿草悠悠惹人爱恋

头屯河东岸打造了新奇景观
五十平方公里面积道路条条相连
马拉松赛道人行栈道骑行车道映入花海水潺
沿河依势赏道徒步四五个小时难以走完

头屯河东岸打造了新游景观
五十平方公里将布局文旅景点

游客集散中心将承载几万人吃住游玩
从这里可以开启旅程直通机场把出行登机手续通办

头屯河东岸打造了新文景观
五十平方公里面积将引来无数人消费休闲
文化产业运动产业休闲产业康养产业会把沿线布满
还有新疆民族风情西域特色尽展

头屯河东岸打造了新旅景观
人们可以从城乡而来从远近而来从闲忙而来游览
可以跑步可以徒步可以散步可以漫步
可以家庭组团亲人组团朋友组团恋爱组团

头屯河东岸打造了新政景观
十二师党委班子勇于创业把大干快上精神体现
规划引领设计好看三年并作一年时间来干
兵团新城将成为首善之师对一带一路做出新的贡献

2020 年 5 月 4 日
于新疆乌鲁木齐新市区

石河子的军垦荣誉

石河子刻着兵团最深的印记
这是兵团早期的军垦基地
多少兵团历史从这个城市写起
多少兵团历史在这镌刻最是清晰

石河子开垦了兵团早期的土地
兵团的生活起步就在这里
这里诞生了多少兵团的后代
这里培养了多少优秀的兵团儿女

地窝子有兵团人的洞房传奇
丰收田里流过兵团人的辛勤汗水
石河子人打造了现代化工业园区
石河子人建设园林城市美丽

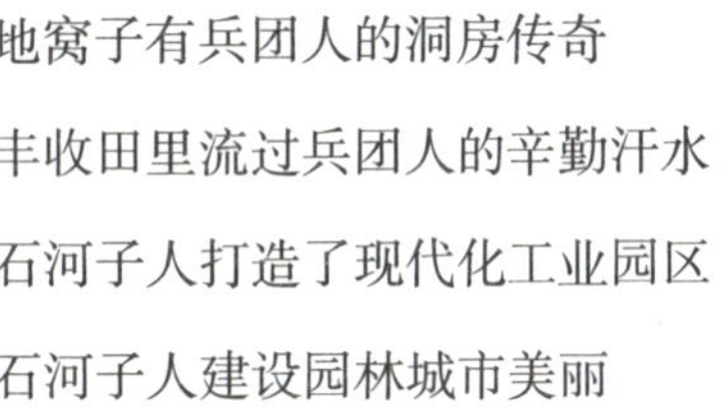

到石河子一定看看兵团文化
石河子兵团文化代表兵团精髓
到石河子一定看看兵团发展
石河子的发展代表兵团奇迹

2020 年 7 月 9 晚
南昌返回乌鲁木齐飞机上作

因为你在那里

一千个理由也不足以表达
但只因为你在那里
你在那里就是一千个理由
每一个理由代表了因为

那里也许还远又很偏僻
那里也许艰苦充满危机
但只因为你在那里
就是天塌地陷也拦不住我去的勇气

那里有你足可以顶天立地
那里有你足可以给我安慰
即使路上充满多少坎坷风雨
但是因为你在那里无所畏惧

千里万里并不算什么距离
为你我愿意穿越千山万水
再多奔波又算得了什么苦累
为了你我愿意付出在所不惜

2020 年 6 月 19 日
在新疆听王曼说到新疆有感

你无法知道你在我心中多美

即将告别新疆而去
回到我来时的华北地区
但我舍不得的东西太多太多
最最舍不得的最是美丽的你

因为这里留下了援疆的足迹
更种下了太多太多希望期许
因为这里看不够太多太多大美
太多太多大美中更有你的美丽

认识你像是上天安排的奇遇
奇遇是因为你接我去等了电梯
好多电梯出口你偏站立那里
恰恰我们的见面准确无疑

你站在电梯口若天仙伫立
那迷人的眼神把我一下拖入海底
那灿烂的笑容让我立即沉醉
那种神态的你永远锁进了我记忆

我行走过奔波过千山万水
用文字表达过赞颂的千言万语

但对你那仙女般的雍容华贵
却找不到一点言辞去表达称谓

其实你的美又岂是华丽神韵之美
你对人的善良才是无限得珍贵
其实你的美又岂是笑容灿烂之美
你做事的态度才是无限得仰慕之美

你是万千女性中的优秀公主
常常出现在我的劳累孤独之余
你是万千美丽中的出色大美
常常给我的欣赏增加思绪

或许因为什么不能把你收获带回
但会把你当作最美珍藏在心里
或许因为什么不能与你再多常聚
请给我年年回来看你的机会

2020 年 6 月 6 日
于新疆乌鲁木齐新市区

在新疆遇上了你

本没有任何心理准备
只是来到这里穿越使命程序
可偏偏没有躲得过去
偏偏在这里遇上了你

也想着历程中忘怀过去
不让往事再有什么纠结
可你突然灿烂地给我奇遇
我一时呆呆地愣在原地

为什么人海茫茫你对我有意
为什么你让我收尽了最想珍惜
是不是前生前世谁欠了谁
是不是今生今世谁要还谁

来到新疆是不是就是为了你
来到新疆是不是必须遇见你
遇上你我没有半丝的后悔
遇上你我必须把爱情考虑

2020 年 5 月 18 日
于新疆乌鲁木齐新市区

有多少思念留在新疆

援疆三年时短时长
人生不过一段时光
但在这里的三年非同寻常
已经有太深的记忆烙进心房

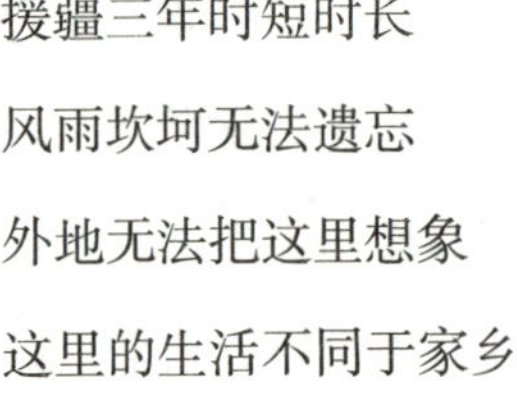

援疆三年时短时长
风雨坎坷无法遗忘
外地无法把这里想象
这里的生活不同于家乡

援疆三年时短时长
多少美好融进多少时光
这里不同其他许多地方
让人留恋总有太多回想

援疆三年时短时长
来的时候觉得岁月漫长
走的时候觉得好快时光
是心态不同把时间思量

2020年5月7日
于新疆乌鲁木齐新市区

恰好你来　恰好我在

也许等了许久就是为谁等待
也许找了多年从未停下来
那个想见的人何时出现
那个真正的渴望会不会在

今天的突然相遇好有感慨
又在这里特别相见好有奇怪
都在心里诧异地问是不是上天安排
都对自己说是不是缘分到来

恰好你来恰好我在
恰好相见的惊讶空白了脑海
你轻轻问我你是不是就为我而来
我悄悄问你我是不是就为你而在

如果你不来是不是我不在
如果我不在是不是你不来
恰好你来是不是注定我在
恰好我在是不是注定你来

2017 年 11 月 28 日
新疆生产建设兵团第十二师

援友北京相逢相聚

每次援友北京相逢相聚
总有说不完的太多话题
总说起走在援疆路上的理由
还有付出的多少辛勤汗水

每次北京援友相逢相聚
总有道不尽的亲切心语
总把援疆日子里的生活想念
有太多太多的难忘故事回味

每次北京援友相逢相聚
总有一种亲切在心中涌起
像亲人一样久别重逢
少不了握手拥抱特别亲密

每次北京援友相逢相聚
总会有太多彼此在哪儿宜居
必须热情的招待喝上几杯
感慨援疆路上结下的深厚友谊

2020 年 4 月 7 日晨
于新疆乌鲁木齐新区

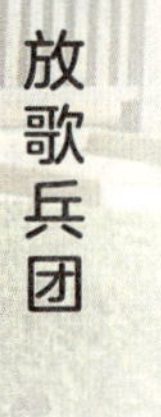

永远年轻

共青城的朝霞总是火红
共青城的青春自豪光荣
这里记载了 98 位垦荒热血青年的身影
引来一批批青年志士开启了创业之旅

共青城的源泉与鄱阳湖汇通
共青城的新貌在垦殖场诞生
这里职教云集成为全国青年创新基地
聚集一代代青年志士打造了活力之城

共青城的故事源自上海知青
共青城的红色精神代代传承
这里乡镇企业开创的品牌世界闻名
总有一群群年轻志士托起希望之城

永远年轻的创业之城
永远年轻的活力之城
永远年轻的希望之城
我愿意如你永远年轻

2020 年 8 月 8 日
到共青城为兵团招商引资创作

兵团姑娘

无数感人的屯垦戍边故事
记载了多少兵团姑娘
无数传奇的援疆支边述说
歌颂了多少兵团姑娘

当年她们来自四面八方
把青春和爱情交给了远方
她们怀揣着梦想告别了爹娘
嫁给军人把青春献给了新疆

兵团姑娘与兵团人开辟了千里良田
让新疆变成了天下粮仓改变了荒凉
兵团姑娘与兵团人繁衍了万千后代
让兵团精神在新疆内外不断传唱

一代代兵团姑娘仍在敬业爱岗
那是因为红色基因的传承影响
那是兵团事业的魅力所在
兵团事业仍需要更多这样的兵团姑娘

2018 年 10 月 26 日
于新疆克拉玛依市

新疆：我们永远把你镌刻在心底

当开启援疆时光的告别季
当打起行囊做好返回准备
当即将要把援疆生活结束
当就要挥手告别新疆而去

每一名援疆干部的心都沉重无语
每一名援疆干部的情都割舍难离
每一名援疆干部的爱都纠结痛楚
每一名援疆干部无不眼含热泪

新疆已经让我们永远镌刻心底
上千个日夜曾与你并肩奋斗心心相系
这里留下了我们永生难忘的岁月
这里留下了我们永恒不失的追忆

响应中央援疆号召我们毅然奔赴西域
承载组织和亲人重托我们无所畏惧
告别家乡时候我们无法忘怀亲人的泪水
踏入新疆的时刻我们感受了热情的期待

新疆已经让我们永远镌刻心底
一到这里我们就与新疆血浓于水
扛起确保社会稳定长治久安的责任
奏响求时代维稳成边的新乐曲

新疆已经让我们永远镌刻心底
二十多年来九批援疆干部进驻新疆大地
一批批援疆队伍在这里奋力拼搏可歌可泣
多少援疆干部在这里铸起忠诚担当的丰碑

为了推动这里的经济发展多少援友贡献了智慧
为了改善这里的民生福祉多少援友洒下了汗水
为了提升农业收成多少专家援友帮助把脉土地
为了农牧民致富多少能人援友培训提升能力
新疆已经让我们永远镌刻心底
助推新疆招商引资援友们发挥了应有的威力
我们时常奔波千里万里引进内地客商进疆
让更多企业和项目在新疆努力对接落地

我们全力以赴助推着这里产业合理布局
我们全力以赴推动着这里工业增添科技
我们全力以赴为开发旅游建设大美新疆献计献策
我们全力以赴帮助这里实现“三大攻坚战”的胜利

新疆已经让我们永远镌刻心底
多少所学校讲台有援友们站在那里
一批又一批你来我去的队伍没有停息
一代代学生的成长有着十九个省市教育援疆的助力

多少医院多少科室的多少医生护士岗位
有多少援友们坚持二十多年不断轮换在位
为了新疆多少亲人解决生活问题

援友们每一天每一时都尽到了全心全意

新疆已经让我们永远镌刻心底
援疆岁月让我们深深地爱上了这里
这里的情这里的景这里的饮食这里的美丽
这里的一草一木一山一水怎么会随便忘记

在岗位上我们与新疆同事结下了深厚友谊
在生活往来中我们结交了太多好友兄弟姐妹
在帮扶同胞时候我们又多了家庭亲人
在援疆路上我们的援友成为特别感情群体

新疆已经让我们永远镌刻心底
援疆的日子给我们的人生增加了太多珍贵
两地分居亲情分离一千多个日子不能团聚
特别是多少尽孝多少尽责都只能暂时放弃

多少援友在岗位拼命工作有的累垮了身体
多少援友在岗位长期坚守有的顾不上休息
多少援友在岗位上风餐露宿患了不少疾病
甚至有的援友辛劳奉献永远长眠在了这里

新疆已经让我们永远镌刻心底
援疆经历让我们深深明白了援疆道理
援疆人最知道这里安全稳定的重大意义
援疆人最知道这里的发展需要给予助推

因为需要有多少援友舍不得离开又接续了下批

因为情怀又有多少援友加入了柔性援疆的团队

因为大爱我们即使返回但援疆工作还会继续

因为热爱新疆我们放不下你还要多少次回来看你

2019 年 12 月 6 日
于新疆乌鲁木齐新市区

醉闻薰衣草香

薰衣草香好令人沉醉
当清风吹来的时候
香气是那么沁人心脾
你好想随香风飘去

薰衣草香好令人陶醉
当晨光披洒在大地
香气是那么耐人品味
你好想要永久呼吸

薰衣草香好令人情醉
当置身草原时
香气里那么梦想不已
你好希望不离不弃

薰衣草好令人心醉
当一望无边紫色迷离
香气催人无法忘怀
你会把三坪亚心花海深记

2019 年 9 月 10 日
为三坪农场亚心文旅薰衣草园而作

宝地西山兵团工业园

宝地西山兵团工业园

北部紧依着一座东西山峦

山峦脚底有多少地下水源

几处山脚流淌着细细的清泉

宝地西山兵团工业园

有多少宝藏就埋藏周边

至今仍有露天熊熊燃烧的火焰
来自地下有多少储藏的煤炭

宝地西山兵团工业园
总眺望博格达峰盛开的雪莲
冬夏春秋从没有停止呼唤
雪莲花总为园区张开着笑脸

宝地西山兵团工业园
接壤着牧场在白云山间
牛羊成群总把美丽装点
还有一茬茬硕果累累的农田

宝地西山兵团工业园
已成为企业落地放心的家园
这里吸引了全国全疆产业投资
这里为十二师经济引领了发展

宝地西山兵团工业园
即将打造提升成国家级新版
未来的西山将成为工业新城
西山兵团工业园将成为新疆经济亮点

2019 年 8 月 1 日
新疆乌鲁木齐新市区

休闲何不走西山

西山越来越成为休闲风景线
春天花开的季度花红西山
还有一〇四团万亩桃园的装点
还有各种花开一片连着一片

西山越来越成为休闲风景线
收获的季节岂止是秋天
杏子李子桃子苹果海棠目不暇接
采摘水果一定选择西山果园

西山越来越成为休闲风景线
那里条条路上开着农家院
想吃大盘鸡的朋友这里首选
每个农院都用栅栏把土鸡圈满

西山越来越成为休闲风景线
这里处处都见种的蔬菜新鲜
一家人自摘自乐把菜送进厨房
几杯老窖喝得亲友开心圆满

西山越来越成为休闲风景线
开上车可以随便停留随便转弯

游玩可以随着季节轮换改变
谈情说爱西山会让你成功过半

西山越来越成为休闲风景线
西山的风啊当然凉爽吹脸
西山的果当然也绝不差了南山
来西山又减少了多少路途遥远

2019 年 8 月 13 日
于新疆乌鲁木齐新市区

遥想西山农牧场

当年西山农牧场牛羊满山
牧场人把呐喊传递山谷山涧
那天然的美丽让多少路人羡慕
留在记忆的场景难从记忆中走远

当年的烽火在西山农牧场多少回点燃
多少新疆的将士把青春热血洒在边关
烽火铸就了多少传说中的故事
抹不去的痕迹还让人望见狼烟

当年的人口也聚集在这种粮屯田
天山的雪水把茂盛的植被和庄稼浇灌
多少人曾到这里休闲度假
鲜美的羊肉供大家品尝

当下的西山农牧场正在打造新的田园
多少农家院落成了吸引游人的景观

多少城里人已经越来越多
不想离开好想在这住上一晚两晚

明天的西山农牧场会更加美丽无限
打造花田林海再现美轮美奂
所有人都想跑来这里亲近自然
西山农牧场的风景会在乌鲁木齐不断传播

未来的西山农牧场一定与亚心地标关联
这里可以打造一个新疆综合旅游景观
亚心地标必须成为一大旅游特色
烽火台要与亚心结为西山农牧场亮点

2019 年 8 月 13 日
于新疆乌鲁木齐新市区

我来这里就是为了与你相遇

也许并不知道一生中还有谁等你
等在一个你还不知道的地方相遇
错过了一次有意无意的安排
或许错过了永远难再的机会

也许并不知道冥冥中有谁等你
等在一个被设计好的地方相遇
心情不好时候可能不会想去
或许错过了一次最美好的聚集

也许并不知道注定中谁会等你
等在一个不曾想到的地方相遇
也许你努力地进行了多少争取
但上天不一定会眷顾你付出的用意

也许并不知道想象中谁会等你
等在你希望的地方去有相遇
也许见面了才知道命运如此稀奇
想说我来这里就是为了与你相遇

2019 年 8 月 25 日
于新疆昌吉赠慧婷

一切都是命中注定

都认为是自己计划的行程
行程里有着安排好的内容
其实另外的内容也许你不知道
会突然让行程有了新的变动

都认为不会有什么新的调整
就按想象在行程中如期旅行
其实改变的计划正悄悄潜入
行程的变化正在不知不觉之中

都认为行程中不会有什么变故发生
能有多少让人惊讶的收获在等
可突然的意外的情况一经出现
却发现这是一次也是想要的与众不同

是不是命运里有着一定因素必然天定
觉悟有道的人才会把问题答案想清
是不是命运里有着注定因素必须天定
造化升级的人才会把疑惑解析分明

2019 年 8 月 27 日
为芝羽天山行而作
于新疆乌鲁木齐新市区

我们要与沙海永远长存

沙海没有什么不可战胜
即使被喻为死亡之行
但为了和田的和平安宁
我们必须坚定地踏上征程

沙海没有什么不可战胜
即使没有人类穿越成功
但为了解救匪徒压迫的百姓
我们一定也能够战无不胜

沙海没有什么不可战胜
因为我们是傲立井岗山的青松
也是来自南泥湾的英雄
我们可以藐视沙海风雨前行

沙海没有什么不可战胜
因为我们走过二万五千里长征

也打赢了成百上千的战斗
我们坚信沙海阻挠不了英勇

是沙海让我们创造了红军英名
一千八百零三名壮士被人传颂
十八天穿越一千五百华里茫茫沙漠
前无古人的传奇留下了斗志豪情

是沙海让我们写下了革命光荣
那在沙海里付出的多少血汗牺牲
有谁可以想象每天每夜的拼命
只有铁打的红军才可以把任务完成

因为军人的天职是服从命令
我们必须把毛主席的指示执行
留在沙海继续屯垦戍边
留在沙海维护社会稳定

因为军人的责任是担当忠诚
我们必须在沙海坚守一生
要与沙海共存为守护继承
要与沙海永存共筑红色风景

2019 年 8 月 20 日
为四十七团老兵而作

走在遥远的丝绸之路

那些年不知道西域有多遥远
更不知驼队路有多远
只知道路有多么艰难
不知一去有多长时间
更不知能不能够回返
怎么敢失去心中坚定的信念

那些年不知道西域有多遥远
更不知路上有多少风险
赶路的脚步怎能迟缓
不知路上有没有客栈
会不会夜宿在荒原
会不会夜宿在路边

那些年不知道西域有多遥远
更不知多少坎坷就在前面
很难知道多少惊险故事
很难知道多少人悔恨长叹
伤心的又怎么有心回转
怕见到亲人无奈伤感

那些年不知道西域有多遥远
更不知还要翻越一座座山

向西向西什么地方才是终点
已经远走家乡听不到呼唤
只有更多的对亲人的想念
只有更多的对家乡的思恋

那些年不知道西域有多遥远
更不知会不会把脚底走穿
只知道是一条无尽的丝绸之路
只知道在这条路上可让梦想无限

2019 年 9 月 30 日
于新疆乌鲁木齐新市区

我是兵团后代

常常听人说起
我是兵团后代
那种自豪真情流露
纯朴流淌在了心怀

常常听人说起
我是兵团后代
总夸奖父辈爷辈长辈
道出多少敬重敬爱

常常听人说起
我是兵团后代
无论相遇天南地北
兵团情结亲切和蔼

常常听人说起
我是兵团后代
哪怕亲属曾在兵团
都有同样无限感慨

2019 年 10 月 7 日
于新疆乌鲁木齐新市区

祖辈很早来新疆

常听人问我老家哪里
问我的祖辈的祖辈
听爷爷说起老家的事
也听父亲告诉过祖籍

爷爷的父亲就来了这里
曾经是带着爷爷的兄弟姐妹
那应该算是一次家庭的大行动
算是家庭变故进行了迁徙

都知道新疆有广袤的土地
就带了家眷们一路向西
并不知道哪里是安家地方
祖宗们让人佩服好有勇气

落脚地方成了安家之地
种粮地方就开始了生活起居
祖辈们在这块土地上老去
父辈们宁愿守着祖宗繁衍

年代久了当然忘了老家哪里
只在话语中才把老家提起

曾有人问过回没回过老家
因为没了亲人回去没了意义

祖辈很早来新疆定居
我们就成了新疆大地儿女
也许我们还有着祖辈性格
但新疆的豪迈已经把我们性格统一

2019 年 10 月 11 日
于新疆乌鲁木齐新市区

让友情珍存一生

友爱是大爱中的一种
也是人生美好的风景
友爱给人带来多少温暖
也带来多少快乐春风

友爱让人有着多少憧憬
坎坷时候会体味真情
孤独时候有着多少相伴
生活里已成为重要内容

友爱更是修炼的一部真经
总有多少纯洁培育着真诚
亦有彼此多少相互尊重
从不会怨怒制造伤痛

友爱应该珍存一世一生
因为这是上天给的宝贵火种
友爱应该珍存永久永恒
因为这是伴随美丽的春夏秋冬

2019 年 11 月 3 日
于新疆乌鲁木齐新市区赠小然

住过的统建房

刚到兵团报到住进了统建房
那是一层阴面没有阳光
那又偏僻购物不便
好像远离繁华安静异常

新的环境感觉有些陌生
会有一种郁闷把心影响
时间久了就适应了环境
适应了环境才好安心正常

其实久了就改变了环境
改变了环境会把环境爱上
其实久了就对环境有了感情
有了感情对环境就有了美好印象

2020 年 6 月 12 日
于新疆乌鲁木齐新市区

情洒援疆路

肩负着援疆责任和使命
哪还顾得身体状况和年龄
打起行囊就毅然离开家乡
义无反顾地奔上援疆征程

亲人们不放心怕身体经不住折腾
朋友们很担心是不是舒适环境
同事们也担心会不会有高原反应
领导们更有这样那样的担心提醒

请亲朋好友放心我们可以担当前行
请领导同事放心我们可以把艰难战胜
请党和人民放心我们不会辜负神圣职责
请派出单位放心我们会把任务完成

这里有孤独日子我们会结伴友情
这里有巨大压力我们会排解缓冲
这里有生活不便我们会自行解决
这里有想念愁绪我们把爱装心中

守护边疆我们一样不惧牺牲
训练考核我们一样当好先锋
完成工作我们一样奋起拼命
抓好落实我们一样转变作风

回想招商引资多少拼搏风雨兼程
宣传推介去传播着这里的魅力真诚
考察参观去了解企业的成果实力
洽谈对接把贴心服务送到对方心中

在开工现场一次次留下祝贺身影
在施工工地一次次留下助推行动
在办事大厅一次次展开研究专题
在接待场所一次次交流项目谈成

把理论学习当作工作的重要内容
每周都会参加中心组的学习雷打不动
主题教育是今年的一项政治建设工程
必须做到理论觉悟有更大的提升

在这片热土我们留下了难忘的生活情景
在这片热土上我们留下了奉献的骄傲风景
在这片热土上我们留下了友谊的特别场景
在这片热土我们留下了援疆不悔的人生

2019 年 11 月 15 日
于新疆乌鲁木齐新市区

去新疆相遇一种爱

选择去新疆有许多不够明白
不明白为什么去遥远的新疆
当彼此相遇时候却茅塞顿开
原来这里有一种已有的许久等待

那彼此的激动让多少惆怅不在
痛恨了犹豫险些错过异常安排
你问我怎么会从你不知的地方而来
我问你怎么会在我忧伤的时候徘徊

新疆是一个美丽的地方
这里有让感情奔放得春暖花开
新疆是一个好大的地域让人感慨
这里有给爱情豪放的精神舞台

无论怎样的压力都会被释怀
无论怎样的苦恼都会舞起愉快
无论怎样的矜持都会酒量展开
无论怎样的孤独都会收获关爱

新疆可以相遇不曾想到的相遇
选择新疆相遇不会面对失败
新疆可以相遇想要的任何相遇
选择新疆相遇一定能够凯旋

2019 年 11 月 26 日
于新疆乌鲁木齐新市区

你昨夜到过我梦里

突然在昨夜被梦惊醒
我一个人悄悄在梦中触碰了甜美
谁叫着我的名字听着那么惬意
是你的眼睛睁得好大把我看得羞愧

似有一股海风吹乱了秀发
好美的海边沙滩椰树一望无际
你轻轻地亲切地呼唤着我
而我声音里是你视觉里是你

也似清纯的细雨洒在原野草地
鲜花盛开的美丽中滋润着细雨
你为我采一束花的样子像蜂儿采蜜
让我泪水中是你感动中是你

更似去一个春天要寻一片清泉小溪
头一次你拉了我手给了我一份激情动力
你还给了我热度给了我太多气息
诱我方向中是你依偎里是你

我怨是谁昨夜把你送进了我的梦里
我气是谁惊醒了我的梦现在只有自己
能否告诉我昨夜梦里的人是不是你
能否回答我你昨夜有没有让我与你梦里相依

2019 年 11 月 26 日
祝惠子人生好梦一生不醒

冰湖能否留住我的回头

一杯美酒是不是可以饮尽风流
一杯美酒是不是可以把相思带走
因为今天的亲密可能怀念升起
因为今天的亲吻可能就从此牵手

你的甜润让人绽放了赞美歌喉
你的笑容让人知晓了樱桃小口
我有没有醉了看你的眼神开始迷离
我有没有醉了有没有对你错喊了称呼

这是什么地方我一次次来个不休
这是什么地方吸引了我难离脚步
因为这有美丽天仙让男人敬候
因为这有翩翩少年让姑娘叹服

不是这里有什么特别的意外描述
只是这里有引人深爱的天山冰湖
不是这里有什么特别的多少夸张
而是这里冰湖美酒让人必须回头

2018 年 3 月 23 日
于新疆乌鲁木齐新市区

今夜冰湖月仙来

因为喝了冰湖映月美酒
自然让兴奋涌上心头
那是新疆最早酿的美味
可算是美酒仙境里的仙姑

因为喝了冰湖映月美酒
自然会甜蜜涌上心头
那是新疆最早的酒庄奉献
长久的深藏总会饱满地溢出

因为喝了冰湖的映月美酒
自然有赞美涌上心头
由不得不把歌喉展开
怎不会放歌给多少亲朋好友

因为喝了冰湖映月美酒
自然把激情涌上心头
忍不住兴奋会离座跳起舞蹈
来展示新疆人的才华艺术

2019 年 9 月 2 日
于新疆乌鲁木齐新市区

我们“嫁”给了亚心文旅

我们长在中原大地
承载了国色天香的美丽
千秋万代的中华儿女
总把我们当作万花之魁

我们很少离开熟悉的土地
更没有到过远方离开长辈
今年我们却远嫁了塞外疆域
来到了边关西域的亚心文旅

第一次离开家乡平添忧郁
第一次长途奔波要跨越千山万水
第一次要在新的地方生根繁衍
第一次感到又是陌生又有稀奇

当我们张开灿烂给游人欢愉
当我们展现雍容让朋友看到华贵
所有的赞美都给了我们内心甜蜜
所有的笑容都给了我们亲切安慰

亚心文旅是一个好人家热情细腻
亚心文旅是一个好家园淳朴大气
姐妹们都终于把心放进了肚里
姐妹们终于都有欢笑兴奋不已

请捎信家乡的父老兄弟
请传话给家族的娘亲姐妹
我们爱上了大美新疆
我们爱上了满意的亚心文旅

2019 年 4 月 28 日
于三坪亚心主题花海为新疆亚心首届牡丹文化节而作

醉入花田林海

仿佛走进人间仙境
因为醉入花田林海
绿色盎然映入眼帘
绿色把游人醉意采摘

仿佛走进世外桃源
因为醉入花田林海
鲜花把不尽美丽盛开
鲜花把宾客带入恋爱

仿佛走进南方水乡
其实醉入花田林海
这里风情诱人激情澎湃
这里浓香留人不想离开

仿佛走进南方水乡
其实醉入花田林海
这是头屯河农场的杰作
这是头屯河田园的等待

2019 年 5 月 7 日
为头屯河农场花田林海而作
庆祝 4 月 28 日开园仪式

游览一〇四团万亩桃园

游览一〇四团万亩桃园
总让春色流淌心间
那满眼的美丽令人陶醉
此时此地一定让心把爱填满

游览一〇四团万亩桃园
总把春意流淌心间
那满目的笑容与花共舞
此情此景谁不是欢语笑颜

游览一〇四团万亩桃园
总会春暖流淌心间

那满天的春风吹绿了西山
此山此峦春染了无限温暖

游览一〇四团万亩桃园
总有爱意流淌心间
那满园的花气飞扬四溢
此嗅此闻谁不浮想联翩

游览一〇四团万亩桃园
总是春情流淌心间
那满地的人流啊都在激情荡漾
此花此园见证了多少热恋

游览一〇四团万亩桃园
总有春思流淌心间
那满心的欢喜时隐时现
此程此约怎不拥抱风华少年

2019 年 5 月 8 日
于新疆乌鲁木齐新市区一〇四团万亩桃园

今夜明月挂长空

请举一杯纯香冰湖酒
品味珍贵情缘的聚首
也许今夜美好的遇见
会开启相识相知的源头

再举一杯浓香冰湖酒
敬给好友相见的感受
事业奔忙的路上异常辛苦
何不饮尽祝贺人生风流

又举一杯芳香冰湖酒
思念远方飘来的孤独
都有怀想涌动着心绪
饮下算作对他乡爱的问候

频频举杯神香冰湖酒
邀约明月在长空的祝福
祝福今夜相聚的亲朋好友
祝福留守家乡的敬爱父母

2019 年 5 月 10 日
于新疆乌鲁木齐新市区
为冰湖明月而作

今夜皓月照我心

今夜独酌冰湖皓月
回想多少往事无情地穿梭
好在抓住了年轻的美好时光
有了理由为奋斗成就祝贺

今夜独酌冰湖皓月
很想对皓月当空诉说
多少朋友曾经给予热情帮助
好想举杯真诚地把他们感谢

今夜独酌冰湖皓月
遥想曾经与爱对酒当歌
现在爱情已随风而去
多少次独酌都悔恨着过错

今夜独酌冰湖皓月
总想爱情突然对面落座
同时举杯相问“过得好吗”
同时相约相求“请还爱我”

2019年5月10日
为二二二团冰湖皓月而作

今夜韵月问冰湖

今夜韵月是否把我带走
带走从此没有烦恼忧愁
想看花的时候有花盛开
想念冰湖时候举杯冰湖

今夜韵月是否把我带走
带到没有压力纷争之处
想微笑的时候绽放微笑
想浪漫的时候浪漫自由

今夜韵月是否把我带走
带离爱情给予的无情痛苦
想念谁的时候谁就出现
想幸福的时候一定幸福

今夜韵月是否把我带走
带着我去会见美酒冰湖
想对冰湖说想你想得好苦
想向冰湖说咱要不醉不休

2019 年 5 月 10 日
为二二二团冰湖韵月而作

第三辑 · 浓情厚意

我的心要随你飞行

无论你飞到何方
我的心都会与你飞翔
你登机我也登上飞机
要两颗心自然都在天上

无论你飞到何方
牵挂都会成为我的深藏
你在他乡他地的任何情况
都有我的关注陪伴在你身旁

无论你飞到何方
我的心与灵魂都会到达探望
若在繁忙安静时候有些声响
也许是我不小心制造的慌张

无论你飞到何方
你都身负了我的无数渴望
渴望你平安轻松快乐健康
渴望你早日回到我们的家乡

2019 年 5 月 5 日
于新疆乌鲁木齐新市区

我曾想过陪你一程

想过一起有次旅行
去最美好的地方看看风景
让心在大自然里自由飞翔
一起迸发最快乐的心情

想过一起有次旅行
去最想去的地方激情冲动
好让多少话语在旅行中细说
好让多少想法在旅行中沟通

想过一起有次旅行
去看看你在哪里出生
你的亲人都是什么样子
好想品味他们亲切的笑容

想过一起有次旅行
了解一下你有哪些生活习性
我也应该爱上你的最大爱好
好增加与你相知相伴的可能

想过一起有次旅行
去个美丽的地方享受安静
城市的繁华需要少些浮躁
繁忙劳碌太需要舒缓淡定

想过一起有次旅行
选择新疆才是最美好的行程
那里集聚了中国最美的风景
那里可以让爱弹奏最好琴声

2019 年 4 月 30 日
于新疆乌鲁木齐十二师档案馆

爱情本是同命相连

岂止是因为共同的语言
很快走进彼此心间
多少关爱的暖心话语
像流淌在荒漠的甘泉

岂止是因为共同的心愿
多少美好憧憬表达不完
助推的力量彼此传递
渴望在同甘共苦路上实现

或许都因为有过类似苦难
或许都经历了人间悲欢
当那目光相遇在一个节点
怎不会倾诉起感慨万端

或许一触即发了美好情缘
或许感受了不想转而即失瞬间
都想彼此珍惜好好畅谈
都想彼此相爱挽手明天

2020 年 4 月 17 日
于新疆乌鲁木齐新市区

往往情越深痛越苦

许多时候爱容易走火入魔
其实走进火候也是走进鸿沟
只有相爱到无止无休
爱才会酿造不尽的人生幸福

许多时候爱也容易悲伤无助
那是爱有了裂痕撕开伤口
许多行动渐渐远离了当初
爱就会都埋怨对方的忠诚投入

情越深痛越如火上浇油
煎熬的心伤没有语言准确表述
一万个责怪让自己幡然醒悟
十万个原谅又解答了选择的缘故

生命的情感怎能不会往深里行走
美好的爱情又有谁可以止住追求
如果能够正确把握爱情的航向
一定可以让爱情里少些无端痛苦

2020 年 5 月 1 日
于新疆乌鲁木齐新市区

这是一个无眠之夜

因为有太多爱情困惑
无法找到困惑的理解
只好思来想去把睡眠折磨
没有丝毫困意让迷茫解脱

因为有太多异常困惑
想找到是谁的过错
千万个头绪越理越乱
翻来覆去怀疑自己有无罪过

怨恨交加在思绪中穿越
百般力气用在厘清情结
越是用力越是走不出羁绊
越是克制越是会抓狂心切

多少人可以从容游出情感旋涡
多少人能够淡定面对情感拉扯
多少不眠之夜在把爱恨情仇反复
多少不眠之夜总是思来想去折磨

2020 年 5 月 1 日
于新疆乌鲁木齐新市区

友爱都不需过于心计

太过心计则总会算计
友爱的纯洁其实不需
往往真诚才会让人感动
往往真诚才会建立友谊

一旦友爱也太过心计
就很难不露什么目的
交往也会关注着利益
甚至利用多少人际关系

有意无意会为自己考虑
有意无意重视得到完美
牺牲奉献会认真计较
利益得失会更多想到自己

这会逐渐让人看清心机
即使隐藏也会暴露真伪
当交往一次次出现问题
恐怕友爱一定受到打击

2019年5月10日
于新疆乌鲁木齐

烟花雨季到江南

喜欢到江南出差
又恰逢烟花雨季
总有一种特别感觉
会与什么故事相遇

上次相遇在蒙蒙烟雨
再次相遇又花开微醉
你停留在街桥那个风景
让桥下的水船都成伴随

喜欢与你相遇久无分离
更不要随便有狂风卷起
只想坐在那木椅上静呆
看风景中的你涌起心绪

不知你从什么地方飘来
更不知你生活在哪里定居
真希望上前问清个原委仔细
但又不想把静默的尊严放弃

多少次都投降给江南美丽
总想有更多差旅时间
多想看到一次次风景是你
即使看不到仍然还有回忆

多愿你在那里是一处不动的风景
我每一次来都能来与你相约期许
可我在一个什么地方你并不知道
可你在什么地方谁又能向我告知

2019 年 3 月 26 日
上海飞往厦门飞机上作

你有常思我必常念

人有一种极其特别的灵感
会把千里万里灵犀连线
你给对方多少相思之情
他会收到你的多少怀念

人有一种极其奇怪的灵感
会把远近信息彼此相连
其实脑海是一个巨大的磁场
磁场就会发去各种波电

你有常思我会收到发出的波源
我必常念你会接应这里的思念
当你思念我的时候我的心在震颤
当我想念你的时候你的心会焦烦

不知为何我们总是想念不断
不知为何我们让彼此心乱
感情就是希望永远不要距离太远
爱情更是渴望永生都要相亲相伴

2020 年 5 月 2 日
于新疆乌鲁木齐新市区

爱情何必谁折磨谁

天下万物总是阴阳正反相对
爱情也难逃避爱恨苦乐相随
爱的时候当然一切都是那么甜美
恨的时候必然出现无休止的怪罪

包容谅解应该能够任凭雨打风吹
忠诚担当一定可以让爱始终不变轨
多少矛盾都可以被爱的大海淹没
多少问题都可以被爱的天空容纳

现实又是那么痛苦需要面对
困惑又是那么太多时常来袭
如果谁都想着对方过错
必然让和谐出现太多问题

你走你的路相互没了关系
我回我的家不会产生交集
当爱情把彼此连结一起
还请不要相互折磨惹谁生气

2020 年 5 月 2 日
于新疆乌鲁木齐新市区

是否要雨夜里为你撑伞

雨夜是那么凄凉冷寒
你一个人在路上孤独地伤感
我是否可以快点去到你的面前
为你驱除孤独寒冷把你陪伴

我带了一把可以撑起温暖的雨伞
可以给你撑起你需要的温暖
我带了一把可以撑起依恋的雨伞
可以给你撑起你需要的依恋

我带了一把可以撑起浪漫的雨伞
可以给你撑起你需要的浪漫
我带了一把可以撑起安全的雨伞
可以给你撑起你需要的安全

你也许早有一个只是未曾说起的意愿
希望我在你需要的时候带伞出现
你也许该有一个终生会表达的心愿
希望我就等在你雨夜行走的路边

2020 年 5 月 11 日
于新疆乌鲁木齐新市区

也许擦肩还是有缘

当彼此无法再继续相爱
甚至因爱生恨到面对失败
也许才会觉得没有相识更好
擦肩而去怎么有今天的现在

当彼此争吵到必须分开
把美好的一切都已破坏
那时才慎思当初的相识
一定觉得缘不该来

当彼此闹的恨不能痛快
都远隔十万八千里永无期待
会认真反思缘分原来是场伤害
擦肩而去那会是多么轻松放怀

当彼此结束感情生出感慨
总叹息相遇是谁的安排
如果没有当初的必然相遇
怎么能够出现冤家路窄

不管是相遇在风华少年时代
还是偶遇在季节的春暖花开
不管是相遇在人生事业的征途中
还是偶遇在旅游新疆的茫茫人海

2019 年 6 月 14 日
于新疆乌鲁木齐新市区

当爱情进入绿色通道

当爱情在心中燃烧
多少友情会让开通道
一切友情都会为爱情捧场
会众人拾柴助燃爱情火苗

当爱情在心中燃烧
多少亲情会提供燃料
也有多少指路明灯点亮
把爱情在通道上向前引导

一旦爱情进入绿色通道
就会异常地加速奔跑
甚至没有什么障碍可以阻挠
爱的行为会像大海奔涌涨潮

在绿色通道里很难有清醒头脑
所有事情都会想象得无限美好
在绿色通道爱情难以刹车停下
失望的时候会悔恨上道太快太早

2021 年 2 月 22 日
于北京昌平北七家

愿此生不止相遇

相遇得太特别太美丽
会放不下相遇的异常珍贵
能把相遇变成一份长期
会成就相遇的最初心理

相遇得太感动太稀奇
会沉浸在相遇的幸福梦里
或许走不出那相遇的怀念
当然也不想相遇只是记忆

相遇得太快乐太珍贵
怎么走出那相遇的目的
或许是一种偶然结缘
但又有多少必然隐藏在内

相遇得太浪漫太惬意
都会把相遇的故事品味
即使一时走出了故事远去
但还会回到故事发生之地

2019 年 6 月 14 日
于新疆乌鲁木齐新市区

因为太累或许放弃

爱情的誓言总是忠贞不渝
把一腔烈火全部表达进去
曾经许下过诺言绝不后悔
即使艰难困苦也坚定不移

爱情的起始总是信心百倍
从不害怕多少现实问题
热血和期许忘却多少打击
再多坎坷也能坚强面对

热情过后应把现实考虑
就将思考必需的油盐柴米
一旦打击和阻隔形成压力
爱情才会淡定地掉下眼泪

如果解决不了各种问题
让爱情走进艰难的步履
那么爱情就会让人觉得太累
很多人啊或许都会选择放弃

2020 年 6 月 20 日
于新疆乌鲁木齐新市区

去拥抱地老天荒

因为爱走进了婚礼殿堂
就一定去比拟地老天荒
其实生命路上有爱的陪伴
爱情才有最好的诗章

因为爱走进了婚礼殿堂
该永不放弃最爱的一方
其实殿堂的誓言金山难换
所以捍卫誓言就永往一个方向

因为爱走进了婚礼殿堂
决不嫌弃或许发生的异常
记住包容是爱情最大的秘籍
微笑相伴没有翻不过的山冈

因为爱走进了婚礼殿堂
那必须放弃爱情不要胡思乱想
记住爱情才是每天都该供奉的高香
记得爱已起程在最神秘的新疆路上

2019 年 6 月 16 日
为汪洋子、戴鹏飞新婚庆典作

爱因感觉而生

爱有一见钟情
往往形象占去了比重
但最最准确的理由
还是爱因感觉而生

爱有一见钟情
魅力最容易钩走眼睛
当魂不守舍开始出现
你会相信爱因感觉而生

会喜欢一个人的举止言行
会喜欢一个人的神态笑容
会喜欢一个人的为人心胸
会喜欢一个人的友好真诚

似乎哪一样也挑不出毛病
似乎哪一样也值得尊重
似乎哪一样也难以批评
似乎哪一样也都能赞颂

感觉就是那么美好
好到好想陪伴永恒
感觉就是那么美妙
美到好想今生仅此相逢

2020 年 8 月 26 日
于南戴河黄金海岸

爱变了有明显症状

爱变了心就去了远方
会心不在焉时常说谎
再没有了从前的亲切交流
流言中会开始夹枪带棒

爱变了心就会变得冰凉
没有了以前的热情高涨

爱时的关爱会细心百倍
一旦变了心就情各一方

爱变了心就戒备增强
许多问题不再往一处去想
开始算计着自己的事情
丢掉了以前的誓言担当

爱变了心就特别异常
仿佛渐渐把爱挤出了心房
应该是对后果做出了想象
就等候摊牌时候天各一方

2020 年 8 月 30 日
于南戴河黄金海岸

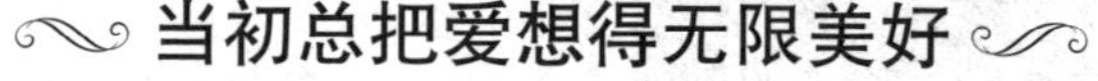

当初总把爱想得无限美好

人说恋爱的时候想象偏好
总把爱情想得无限美好
以为爱情没有什么瑕疵
总认为完美到无可挑剔

人说恋爱的时候想象偏好
忘记了谁在这个时候都表现美好
都会把缺陷的东西规避藏起
绝不会让对方把厌恶的东西看到

恋爱时候都会被好心冲昏头脑
也会被好话推上云霄
没有多少人吹毛求疵故意找碴
人的情商就会被甜言蜜语熏燎

恋爱时候都会被感染冲动心跳
不见隐藏的真心只见华丽外表
当海誓山盟时候作生死表白
恨不得把一切交给对方不怕阻挠

没有多少冷静听进亲朋好友劝告
没有多少淡定仔细品味不可商讨
都会认定自己的做法无须思考
都无法面对放弃接受不了

一旦走过热度走过时间才会知道
知道匆忙的选择没有后悔之药
一旦有了经历就会比较
比较难以更改怎能勉强到老

2020 年 8 月 30 日
于南戴河黄金海岸

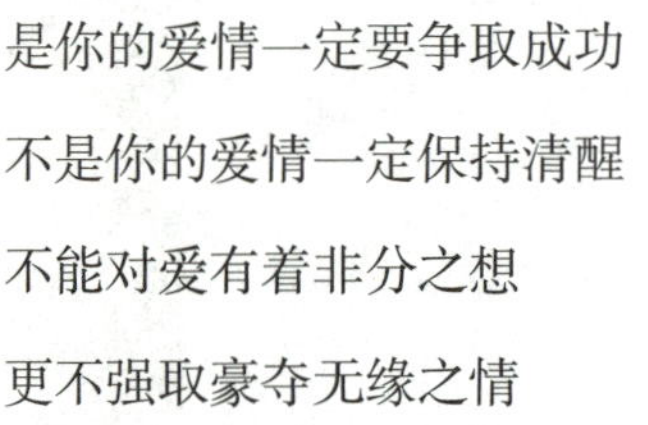

相信爱情有因果

是你的爱情一定要争取成功
不是你的爱情一定保持清醒
不能对爱有着非分之想
更不强取豪夺无缘之情

爱是对方美好的认同
也是最美的心灵之约呼应
爱是对方的全部给予接受
也是自愿付出的无价的真诚

如果对爱采取强迫行动
一定会摧毁爱的美好初衷
如果违背爱的自然法则
终会接受爱的严惩

2020 年 7 月 9 日
南昌返回乌鲁木齐飞机上作

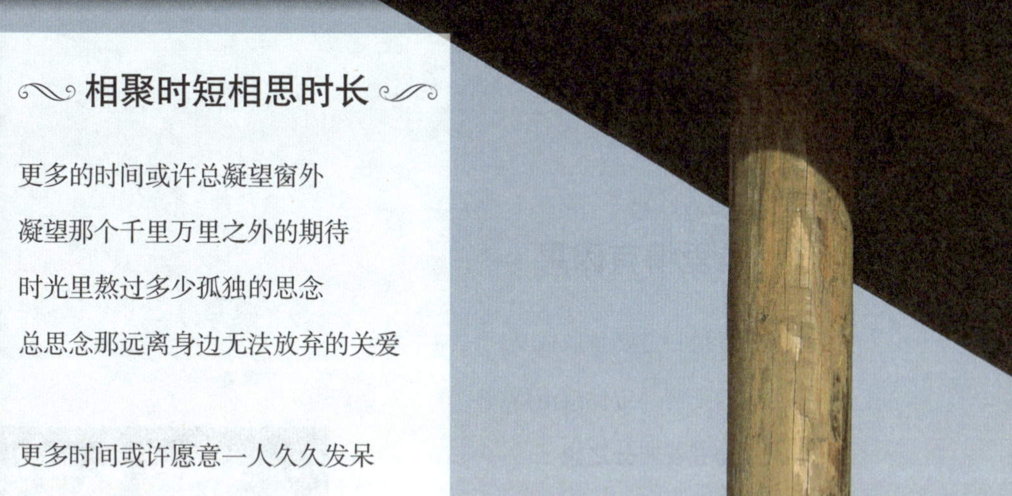

相聚时短相思时长

更多的时间或许总凝望窗外
凝望那个千里万里之外的期待
时光里熬过多少孤独的思念
总思念那远离身边无法放弃的关爱

更多时间或许愿意一人久久发呆
任何心情都难扭转无精打采
眼前重复着相爱人的影子
脑海被相思的人常常占据

总是相聚时短相思时长成为常态
聚首是那么艰难有多少坎坷阻碍
都恨着天赐良缘却不赐相聚常在
都恨不能天天相见让彼此不再等待

总是相聚时短相思时长心生感慨
是不是命里注定我们只能无法更改
那我宁愿一生奔波在寻找你的路上
只为那短暂相聚去拥抱春暖花开

2019 年 6 月 23 日
于山东济南长清区亚湖公馆

醉恋林海茶山

如果想让鸟鸣陪伴
就来西坞林海茶山
这里有百鸟日夜唱歌
这里有动物欢闹山涧

如果很想亲近自然
就来西坞林海茶山
这里有绿树挤满山峦
这里有小河流水潺潺

如果想看百亩茶园
就来西坞林海茶山
这里有茶田梯形绵延
这里的茶山美景饱眼

如果想要安静休闲
请来西坞林海茶山
这里已经远离繁华
这里已经鲜见了人烟

2019年6月24日
于杭州西坞茶园

明知是一场伤痛

明知是一场伤痛
可有多少人能够清醒
非要追逐得不到的梦
终究埋下伤痛的火种

明知是一场伤痛
还会把结局想得喜庆
其实过高地估计了响应
还错误地编织了风景

明知是一场伤痛
还把功夫下得无限英勇
总想把对方感化涕零
但对方又哪有绝对诚心

明知是一场伤痛
还不能赶快做出决定
始终充满着一种冲动
直到看见败局痛不欲生

2019 年 7 月 7 日
于新疆乌鲁木齐新市区

我把自己弄丢了

已经像走迷路的孩子
不知道选择是否正确
似乎不再像从前的自己
没有坚定的追求和毅力

有些像上了摇摆的小船
不知出发是什么目的
任小船离开了自己的港湾
多少风险都无法抗拒

我弄丢了自己
不知该去爱上谁
稀里糊涂没有主意
一塌糊涂任别人评语

我弄丢了自己
今天的选择充满风雨
这不是我以前的作为
现在的我似任命运而去

2020 年 8 月 28 日
于南戴河黄金海岸

亲爱的你在哪里

亲爱的你在哪里
在风里雨里还是旅程里
我去老地方多次找你
可你已经不在了那里

亲爱的你在哪里
在异地原地还是新的天地
我曾去好多地方寻觅
都没有发现你的足迹

是不是让我一生寻找下去
寻找走遍大江南北

是否找到中年老年以至暮年
你都不会告诉我你的消息

是不是让我一生思念不已
从梦中到日夜再到苦旅
是否给我无限的折磨到底
你都不会给予我一个安慰

2020 年 8 月 28 日
于南戴河黄金海岸

难以面对的眼神

看我的眼神为什么那么深邃
这样认真地看我会发生问题
若让我看你一眼会难以面对
因为我的眼神也有特别同意

会像春风吹你春暖花开陶醉
会像夏雨淋你享受畅快淋漓
会像秋月普照丰收最美快乐
会像冬雪飘来时候思绪飞扬

你不想挪动脚步回到原地
你无法割舍昨天今天的相聚
我走到哪里会带你去了哪里
我会带走你的灵魂带上你的跟随

你没有了一个人的世界没有了自己
变成了两个人的日子相依相偎
因为一眼改变了你我的轨迹
因为一眼让你我成为了永恒

2020 年 10 月 21 日
于新疆乌鲁木齐新市区

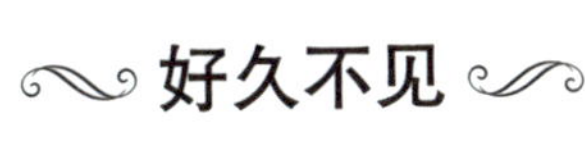

好久不见

分别时说好再见
其实哪会轻易再见
一别就是多少岁月
岁月里雕刻了多少思念

分别时说好再见
哪能做到想见就见
见面还仍需要多少情缘
岁月已渗透了多少想念

分别时说好再见
哪能随心随意见面
分开时都忙碌走散
岁月已埋下了多少挂念

分别时说好再见
其实哪能很快再见
当思念想念挂念乱扰
这才叹息我们好久不见

2019 年 7 月 15 日
于新疆乌鲁木齐新市区赠雅萍老师

此刻的心好乱

认识了一张美丽容颜
也认识了一个巨大麻烦
爱情路上的付出好有辛苦
甚至好像走进了一片深渊

多少时候又进退两难
丢不下已有的特别情感
每一次深情迈步向前
又有多少艰难随时牵绊

你想要一个理想的圆满
却挣脱不开揪心的困难
你想要一个梦想的灿烂
却又是在苦恼中深陷

为什么这样的结果出现
一定是没把问题早早预见
为什么这样的乱象尤显
一定是没有把握好目标研判

2019 年 7 月 16 日
于深圳市市场监督管理总局行政学院

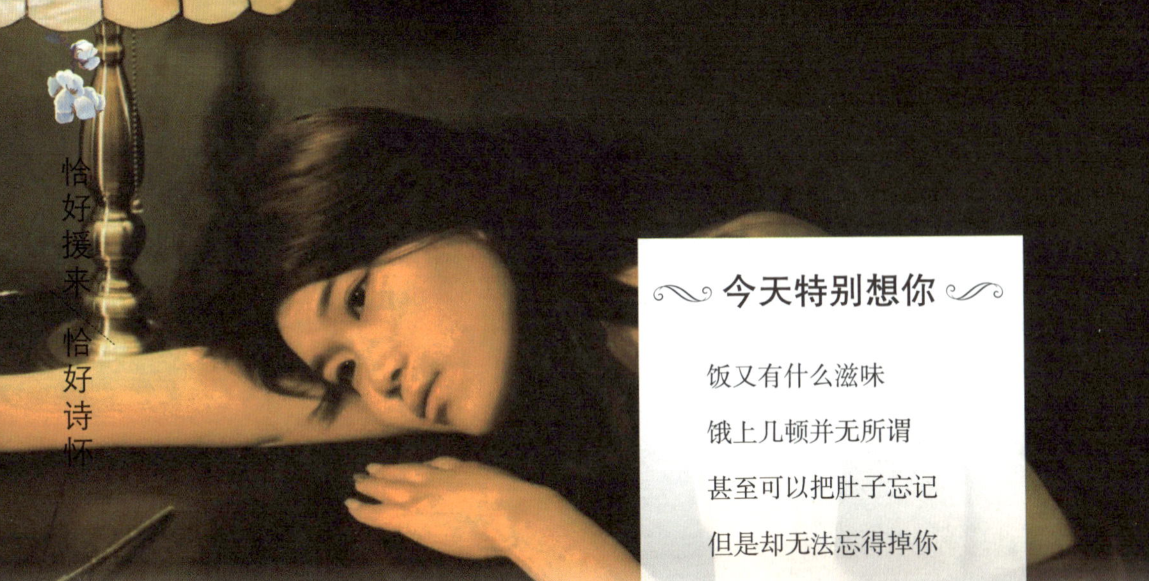

今天特别想你

饭又有什么滋味
饿上几顿并无所谓
甚至可以把肚子忘记
但是却无法忘得掉你

觉可以半夜不睡
睡了又半夜惊起
甚至没有一点睡意
都是因为满脑子有你

已经几天没有消息
因为说好了先不联系
没有联系并不等于远离
却是一刻也没有丢弃

今天啊特别想你
想你此时是在哪里
想你是不是心情快乐如意
想你此刻是不是心和我一起

2019 年 7 月 18 日
于深圳市市场监督管理总局行政学院

爱情没有距离之说

从新疆去往深圳飞行千里
是不是爱情就拉开了距离
其实再远再远再远算得了什么
因为距离拉不开心心相依

你在远方的一切我都惦记
你在远方的所有我都追忆
我没有离开离去半个脚步
我没有走出走远一个厘米

飞行时候带着你就靠在一起
落地时候带着你去安置了住宿
吃饭时候没忘记你要吃什么
深夜时候摸了摸你才去入睡

无心和他人有多少话题
无意面对再好环境再好美丽
因为没有你在身边陪伴
因为没有你在身旁紧密依偎

2019 年 7 月 18 日
于深圳市市场监督管理总局行政学院

当爱缠上巨大麻烦

爱情有甜蜜也有苦水
爱情有坎坷也会有顺利
当爱情遇上了巨大麻烦
要看还能不能挺得过去

也许付出惨重代价才能继续
也许路上暗藏多少疾风骤雨
也许走不出多少艰难犹豫
也许在选择中把握不了自己

谁能给爱情支援定力
谁能给爱情帮助解围
谁能告诉爱情怎么选择
谁能告诉爱情如何放弃

最好的选择是不是悄悄离去
让人悄悄地离去做到无声无息
最好的结果是不是不做争取
最好的手段就是把麻烦解决彻底

2019 年 7 月 25 日
于深圳市市场监督管理总局行政学院

把痛苦给我

请把痛苦给我降落
我能够忍受能够承接
不就是打击吗都来吧
我不怕被压垮被毁灭

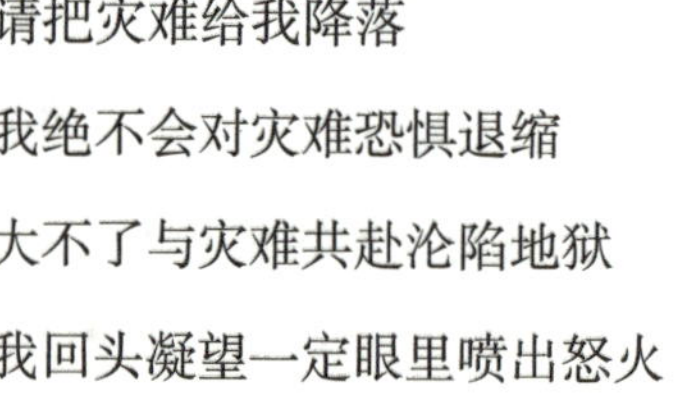

请把灾难给我降落
我绝不会对灾难恐惧退缩
大不了与灾难共赴沦陷地狱
我回头凝望一定眼里喷出怒火

请把损失给我降落
我视这些损失如灰尘飞过
得到又能得到多少个时光不去
我心里蔑视得失在意太多

请把无情给我降落
我爱你是因为爱你时候值得
既然你失约失言背叛了爱情
我何必还把你留在内心当佛

2020 年 10 月 23 日
于新疆乌鲁木齐新市区

把过去埋葬

过去了本不该再留在心上
留在心上会有多少创伤
就让过去随风而去
风是解决往事困惑的刀枪

过去了本不该再留在心上
留在心上会让生活扰乱正常
就把过去彻底忘掉吧
永不让它再来打扰生活正常

过去了本不该再留心上
留在心上会把美好摧残冲撞
就让过去随他人而去吧
能有多少过去是正的能量

过去了本不该再留心上
留在心上的该是永恒的珍藏
只有最美好的才最值得永恒珍藏
没有美好只有伤痛何不把它埋藏

2020 年 10 月 23 日
于新疆乌鲁木齐新市区

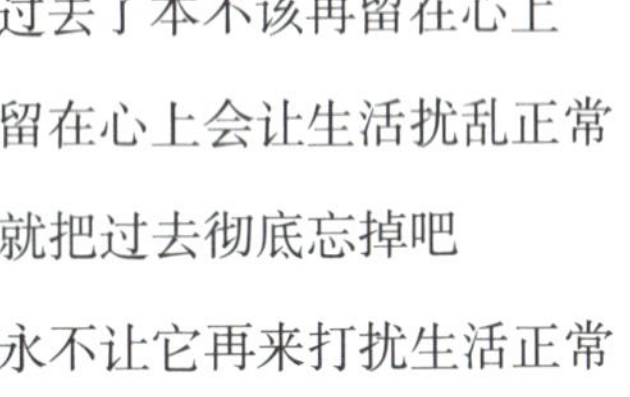

别了爱情

尽管爱走了留下无限伤痛
留下了撒了架的身躯痛不欲生
留下的是再无精神再无坚挺
留下着不知怎样延续明天的生命

已经不能争取让爱回到你的心中
又何必死死纠缠不放苦等
已经不再如初残破了美梦
又何必活在责怪愤恨徘徊无穷

是你的爱情终是你的爱情
美好的爱情上天都会助你成功
不是你的爱情终究是过往的风景
不是你的爱情挥手告别才是清醒

2020 年 2 月 3 日
于北京昌平北七家

摄影师：罗贵宝

你对我好我会更好对你

无论我需要什么你都从不吝惜
去天上摘星摘月你都敢去努力
为了我没有什么你不敢去作为
你竟让我始终心存了无限感激

无论我需要多少你都从不吝惜
哪怕自己一无所有也都愿意
为了我没有什么阻挡你肝胆涂地
你让我没有任何理由不真诚对你

无论我何时需要你都从不吝惜
只考虑我的需求从不想到自己
为了我你没有什么可以后悔
你让我感恩不尽时刻无法忘记

无论我怎么需要你都从不吝惜
我所有的需要你都当成自己必须
为了我你宁肯让自己的生活标准降低
你让我觉得只有对你更好才是唯一

2019 年 8 月 25 日
于新疆乌鲁木齐

你离不开我我离不开你

相爱到了绝对的绝对
不想再有一分一毫分离
那种彼此建立的亲切关系
就是你离不开我我离不开你

相爱到了甜蜜的甜蜜
愿不再有一点一滴的苦味
那种彼此建立的相存相依
就是你离不开我我离不开你

相爱到了凝聚的凝聚
不会再有一声一息的怨气
那种彼此建立的信任感激
就是你离不开我我离不开你

相爱到了无悔的无悔
不会再有一字一句的失意
那种彼此建立的多少安慰
就是你离不开我我离不开你

2019 年 8 月 25 日
于新疆昌吉有感于朋友聚会

我想真诚把你挽留

你在的地方隐藏了风险
离他近了但离我渐远
距离或许说明不了什么
但更要紧的是你的心在走偏

你去的地方隐藏了风险
也许给了他会有太多方便
一旦你阻挡不住穷追乱打的厚颜
很有可能你会失去底线

一旦你失去了爱情的底线
意味着也就失去了我们的明天
那时候纵有多少悔恨挽救
也无法再回到从前

一旦你失去了爱情的底线
我不会再给机会回来团圆
从前的爱情结束成为必然
还请你认真考虑我的挽留奉劝

2019 年 8 月 23 日
于新疆乌鲁木齐新市区

我把什么都给了你

我把什么都给了你
留下的只有不见的空虚
如果你现在对我虚伪
我再胸怀宽广也会生气

我把一切都给了你
没有一点留给自己
拥有的只是思念和给予
还有只想缩短的距离

我把全部都给了你
想把你的爱情挽回
以为这样可以到达目的
其实今天都面对了全部失意

我把生命都给了你
今生今世只想和你在一起
希望谁也不要把谁抛弃
却发现只有我承诺到底

2021 年 4 月 2 日
于北京昌平北七家

我是否可以带你离去

我走了结束了一段使命
就要回到我的故乡北京
怎放得下把你留在这里
让我们两地相思深重

我走了结束了一段旅程
还要回到我的岗位赴命
如果没有把你带在身边
心还留在这里的风中

我想带你一起踏上返程
背负行李还有你的亲密随行
那是心情多么愉快的时光
那是收获多么美好的爱情

可你对我的要求并没有答应
还有父母与你的担忧相同
害怕远去的日子没有依靠
总担心离开家乡生活会有摆动

2021 年 3 月 21 日
于北京昌平北七家

遥远的边疆

我在遥远的边疆
我亲爱的爹娘
那里有草原戈壁和牛羊
那里让我承担着责任和希望

我在遥远的边疆
我亲爱的姑娘
那里不会有孤独寂寞和凄凉
那里等着我把美丽和繁荣开创

遥远的边疆啊
让我暂时忘记了家乡
遥远的边疆啊
让我顾不上儿女情长

遥远的边疆啊
我会为你付出汗水和惆怅
遥远的边疆啊
我会为你奉献几年美好时光

2018 年 2 月 24 日
于新疆为兵团援疆干部而作

那天想起你

不是故意找不到你
很久很久没有把你想起
突然因为什么你出现脑海
这才知道你从未走出记忆

不是故意要把你忘记
只是很久很久没了联系
你悄悄从这儿而去
真不知你到底去了哪里

那天突然想起你
不是因为想起你的美丽
而是想起你丢在我这的东西
这个东西是取不走的珍惜

那天突然想起你
不是因为你对我的礼貌
也不是想起你该还我什么
你该还我多少个美丽相聚

2019 年 8 月 27 日
于新疆乌鲁木齐新市区

好在没把你丢掉

我在记忆中多少回寻找
太多的人烟如茫茫海潮
终于你在潮中跳出微笑
原来你没被海潮吞掉

我在记忆中多少回寻找
太多的面容如无边云涛
都在露出脸庞问我话语
只有你看着我无语低调

我在记忆中多少回寻找
太多的友情如万里长城不倒
想起你没有太多的特别
最大特别是总用特别眼神关照

好在没把你丢掉
想找回时却非常好找
好在没把你忘掉
想拾起眼神能迅速来到

2019 年 8 月 27 日
于新疆乌鲁木齐新市区

你舍得离开我多久

离别已经成为一种痛苦
成为相思失眠的理由
哪怕是一次短短的分别
也会让彼此揪心般难受

离别已经给彼此相思无数
似乎是一去再难团聚如初
竟把离开当作了爱情的久别
谁也不舍得谁离开太久

都曾经常赌气地嗔怪责问
你到底舍得离开我多久
也曾经调皮地笑着回答
你难道舍得我离开很久

都曾小有气愤地质问对方说
你难道烦我喜欢离开我很久
都会机敏地真诚地逃避地回答
你难道那么狠心让我离开太久

2019 年 8 月 28 日
于新疆乌鲁木齐新市区

一次令人心跳的相约

相约去实现一个承诺
一定是单独交流许多
心中藏了多少要说的话语
都会给这个承诺加载狂热

相约去实现一个承诺
之前内心有过深度融合
都曾等候约定的到来
甚至对太久等候不悦

似曾告诉对方总会相约
因为相约才会履行承诺
承诺的内容让人心跳
心跳着怪怪地以步当车

似曾告诉对方总会相约
因为已经把真诚彼此给过
那异样的信任融入交流
怎么不会心跳地要去赴约

2019 年 8 月 28 日
于新疆乌鲁木齐新市区

往后余生愿为亲友

走过多少道路有过多少去留
都没有碰到今天这般缘分幸福
似乎相识地就像刚刚分手
生命中曾有过说不清的等候

见过多少人群有过多少生熟
都没有碰到今天这般美好感受
似乎都留着相聚的影子
特别惊讶今天不是首次接触

有过多少友情有过多少拥有
都没有碰到今天这般特别关注
似乎是为了彼此而来
注定了天赶地凑的缘分凝固

疑惑过多少渴望疑惑过多少追求
都没有碰到今天不再疑惑开头
你见了我我好感动无限
我见了你你无解着特殊

想说往后余生与君结缘
想说往后余生愿为亲友

2019 年 9 月 7 日
于新疆乌鲁木齐市南山

想说离去实不容易

因为友谊才有相聚
相聚时说不尽多少话题
结束相聚实在太难
怎么舍得匆匆离去

因为情缘才有相聚
相聚时把太多往事谈起
彼此都成了故事的主人
怎么舍得茫然离去

因为偶然才有相聚
相聚时发现都特别珍惜
都有梦想可以相助
怎会舍得半途离去

因为约定才有相聚
相聚时把相邀回味
说好在一个时节实现欢聚
怎会舍得就此离去

因为有你才有了相聚
相聚时有我更因有你
都曾叹息“好久不见”
怎会舍得平淡离去

2019年9月18日
于新疆乌鲁木齐新市区
应马军之邀而作

你在哪里我去哪里

生命中注定了关系相系
注定了超越一切地亲密
不许再有两情分离
只能你在哪里我在哪里

生命中注定了感情相系
谁都无法告别这种关系
没有谁去把情缘分开
注定了你在哪里我去哪里

生命中注定了命运相系
没有谁能够各奔东西
若是各奔东西必将崩溃
必须你在哪里我在哪里

生命中注定了生死相系
活的时候会活在一起
去的时候会去在一起
当然约在哪里同去哪里

2019 年 9 月 24 日
于新疆乌鲁木齐新市区

希望你今晚包容一切

约来聚餐我被暂时借去
暂时地和别人坐在一起
其实这只是主位的安排
我们今天需要听从主位

虽然暂时没有靠近你
但却发现你坐在对位
这也许是上天的特别安排
或是上天的一份独特心意

今天我们是第一次相识
见面就像老友再次相聚
彼此都有一种美好的感觉
根本不是头次相见相聚

多想挨在一起聊个彻底
多想相互关照感受气息
但座次也会差之意愿
希望你今晚能有包容心理

2019 年 10 月 25 日
于新疆乌鲁木齐新市区赠艺凡

好朋友情怀一辈子

人生难得遇上彼此欣赏的好友
欣赏对方总是给对方亲切温柔
既因为喜欢对方的所有一切
也因为可以接受对方全部

人生难得遇上彼此关爱的好友
关爱对方就像关爱自己的所有
有时甚至比自己更加抚爱和担忧
而且是发自内心不含丝毫的虚假感受

我们相遇虽然晚了一些时候
但感觉就像那种曾经的挚友
多少岁月你没有改变迎我的方向
几度春秋我始终珍藏寻你的坚守

感谢时光终于安排了交融停留
不然也许今生不曾相遇不曾握手
请让我们的情怀伴随生命永久
请让我们的关心如同时光不休

2019 年 10 月 25 日
于新疆乌鲁木齐新市区

我不想有太久期待

期待太久我会变得奇怪
失眠的痛苦会把身体毁坏
痴想会坐过车站
傻想时候会无语发呆

约好了重聚一定如约而来
不要让深情长久地等待
约好了重逢一定负责表白
莫要失言维护信誉常在

分开的每一天心都没有分开
离开的每一刻情都没有离开
想你此时此刻的此言此语
思你此情此景的此容此怀

希望你的突然出现把我惊呆
希望你告诉我已经在门前徘徊
希望你悄无声息而至给我感慨
希望你当作探亲没有些许见外

2019年11月6日
于上海浦东张江路

去留两茫茫

去有太多扯力拉住
放不下一份万斤情愫
还像刀子放在胸口割肉
那是一份异常异常的痛苦

留有太多艰难脚步
背上许多沉重包袱
今后的日子或许埋下无助
怎耐去把悲剧接受

去留有许多疑惑等候
是自己无意走进了选择深谷
当然没有可多选的道路
要么放弃不作停留

爱情有时候是一次艰难征服
征服别人或许还好下手
征服自己会特别艰难困苦
但只有征服自己才能把选择征服

2019 年 11 月 29 日
于新疆乌鲁木齐新市区

我们到底谁看谁

相隔万里也像没有距离
分隔两地仍然天天联系
天地再大就像是住在一起
认识不长似乎是发小关系

为什么我们的感情如此亲密
为什么我们的关心日夜传递
你还在你的那里等着我去
我还在我的这里等你相聚

似乎心里都期待早日团聚
似乎心里都呼唤别再分离
走进我的当然是你——是你
去看你的当然我去——我去

我去了怕别离的伤痛让你哭泣
你来了更怕分别留下伤痛泪水
是不是永远这样谁也不要见谁
是不是这样只让想念陪伴到底

2018 年 6 月 12 日
于新疆乌鲁木齐新市区

后 记

结束援疆工作已经一年半时光，我的第三本诗集才整理出来。虽然第三部诗集大部分诗歌作品是在新疆完成的，但返回北京以后修修补补却延续了一年多时间，致使诗集现在才把内容完善，把照片配齐。第三部诗集 138 首诗分为第一辑：大美新疆 43 首，第二辑：放歌兵团 44 首，第三辑：浓情厚意 51 首。

正像分辑的题目一样，我以自己的所能和笔触去极力赞美新疆的无限美好；也以自己在兵团的亲身经历，抒发了对兵团的真挚情感；还有对家乡的眷恋，对亲人的思念，对国家的担当，抒发了心底深处的如水情思。我眷恋着家乡，眷恋着亲人，但也深知责任深重，职责在肩，只有勇往直前，把思念和泪水藏进心怀，把牵挂和担忧藏进脑海，把责任和担当扛在肩上，把拼搏和牺牲填满心头。

这部诗歌集仍然是经历的写照，仍然是发自内心的感慨，仍然是记录着多少往事的回忆，仍然是流露着渴望和期盼。诗集中的每首诗都是一个角度，都是一段故事，都是一个心声。也许更多的援疆朋友会理解，如同亲身感受；也许亲朋好友会读懂，能够理解我的心怀；也许多少新疆和兵团的同事能够从字里行间找到他们的影子，分享他们的故事。三年援疆路，一生新疆情，在新疆工作的三年里无时无刻不留下了难忘的烙印，无时无刻不种下了特别怀念和美好，无时无刻不叹息时光的脚步。我们刚到时，曾把第一个月计划成三十六分之一，第二个月计划成十八分之一，第三个月计划成十二分之一，这样以此类推，给时间规划了节点和记载。

作为中国作家协会会员、中国诗歌学会会员，一个利用业余时间从事创作的文艺工作者，我珍惜着这里的时光和记忆，以文字的形式记录着事业的脚步，生活的痕迹、情感的波澜，将多少苦辣酸甜、多少坎坷风雨、多少辛熬艰难、多少思念期盼都留进了字里行间。我对诗歌创作有着一个三部曲的规划，本想援疆一结束立即全部出版完成，由于事务繁多，还是拖了时间，耽误了关注南枫援疆诗歌见面会的读者朋友，心里颇有歉疚的感觉。好在终于完成援疆第三部诗集，圆满完成了援疆三部曲，可以给读者朋友、我的援友们一个“礼物”了。

在诗集整理过程中，得到新疆的张晓南、吕雪薇、杨铁平战友和助理马红燕以及史金京、石航齐、石谨怡等朋友的帮助，感谢他们。感谢摄影师安景文院长、顾军老师、任露瑶等拍摄了大量的作品，同时自己也拍摄了不少照片配图。感谢照片中的朋友张璐、任露瑶、周芝羽、陶毅、林梓、曹先雷、单美惠子、李晓娟、张裕卓、葵花、余娅荣、杨梦哲、丁岩、黄修铭、董天星等，为诗集扮演了模特的角色，演绎了诗歌内涵和灵魂，我都应该深深鞠躬向他（她）们敬谢。

我的诗歌捕捉了微弱角度、细小情节和点滴画面，没有更大的壮观场面和磅礴气势，也没有更多姿态和华丽，诗歌也许会存在这样或那样的缺陷和疏漏，也许难以满足更多读者朋友的欣赏需求。这都是我在今后写作中需要提高和加强的，请大家批评指正，欢迎进行更多交流。

2022 年 3 月 10 日

于北京市丰台区